KB176429

성연 시인선 17

이슬 속에 바라본 세상

배 성 근 시집

도서출판 성연

| 자서 |

자연의 고귀함 속에서 살아온 지 耳順 하나 회갑년이 지났다. 한길을 걷기 위해 팔을 걷어붙인 문학세계도 마흔셋이다. 문학의 디딤도 지금 생각해보면 신비롭기도 하다. 늘 나 자신을 믿음 하나로 살아온 것이 온통 열정이다. 꽁꽁 얼어붙은 마음을 녹이는 것도 저 자연의 일부분일 것이라는 진정성이 담겨있어 어떤 어려운 역경에도 견디어 냈다. 그것은 식지 않는 불덩어리를 늘 가슴속에 담고 다니기 때문이다. 아마 부모님으로부터 물려받은 고귀한 선물일지도 모를 일이다.

갈대처럼 뉘었다가도 벌떡 일어서는 강인함으로 기적을 이루는 역량의 보유하고 있는 나 자신을 보면서 가끔 놀라기도 한다. 평소 침착하고 체계적인 능력은 물론 순간순간의 위력을 발휘하는 능력을 갖춘 것이 아니라 그 능력을 갖추기 위해 사력을 다해 왔다는 것이 정답일 것이다. 남들보다 먼저 일어나고 남들보다 더 노력한다는 것과 겸손은 물론 이거니와 강과 산 그리고 늪이 있는 곳에서 살아온 촌놈이기 때문이며 어쩌면 순수와 소박함이 있는 자연과의 친밀함이 몸에 밴 것이라고 할 수 있겠다.

나 자신도 힘들 때가 왜 없었겠는가, 하지만 모든 것은 마음먹기에 달려 있다는 것이다. 모든 사물을 바라보는 통찰력 또한 자연이 나에게 주는 큰 선물이고 문학의 길을 열어준 스승이기도 하다. 그래서 자연에 묻고 답하는 문학이야말로 우리 인간이 살아가는 활력소가 되지 않겠는가 하는 것이다. 자연과 인간이 공생 공존하며 살아가는 우리는 문학에서 벗어날 수 없다. 지금 이 순간도 문인으로 숨 쉬고 있다는 것도 자연의 덕분으로 늘 고마울 뿐이다.

2024년 3월 8일

임해진 낙동강가에서 배성근

시인의 직업은 경찰관이다. 전투 경험이 있는 군인이나 경찰관, 소방관들에겐 심리치료를 주기적으로 받아야만 할 정도로 직업 스트레스가 극심하다. 그러나 대단히 안타깝게도 그들에겐 일상에서 시간이라는 여유가 많지 않다. 물론 일을 해서 생존해야 하는 모든 직업인도 마찬가지다.

경찰관, 그들에겐 일상 자체가 전쟁에 참전한 군인이나 마찬가지로 엄청난 전투 트라우마 trauma가 따라다닌다. 가정이나 개인만의 시간으로 돌아와도 그렇게 편안함이 주어지지 않는다.

경찰관들이 많이 겪고 있는 심리적 장애가 외상 후 스트레스 장애 PTSD 와 분노 조절장애, 울화병, 공황증 같은 증세가 많다고 한다. 모두가 참혹하고 끔찍한 사건 사고를 온몸으로 겪으며 시신 수습이나 수사를 하는 중에 본인 또는 동료들이 죽고 다치는 일이 다반사로 있으니 일신이 편안할 수는 없을 것이다.

범죄자들도 이런저런 사연이 많을 수밖에 없을 것이다. 죄는 미워해도 사람은 미워하지 말라는 말도 있듯이 경찰관 그들에게도 인간적인 고뇌가 늘 따라다니고, 힘든 일상 끝엔 지쳐 번아웃 증후군 burnout syndrome에 빠질 수도 있다.

그에겐 바쁜 일상에서 벗어나 심리치료센터에서 심리치료를 받을 시간적 여유가 많지 않다. 다만 그에겐 시간을 쪼개어 다니는 사진 작업이나 문학 시 창작을 통해 스스로 위무(慰撫)하며 심리치료를 해 나가는 과정이 트라우마의 그림자를 애써 떨쳐내는 하나의 과정이다. 그에겐 시작(詩作) 수첩은 일상의 기록이자 또 하나의 사건 수첩인 것이다.

〈트라우마 Trauma, 일상의 치유와 사건수첩 〉 중에서

예박시원(문학평론가)**의 시집 평설**

목차

3부. 고향집 자두

4부. 붉은 항아리

5부. 해일

6부. 출가

7부. 농암바위

8부. 배성근 시집 평설

| 1부 |

빙하를 뚫는 봄

학봉의 증언

임해진 낙동강 줄기를 바라보고 있는
청학산 등 뒤로 하루를 시작하는 붉은 힘이 솟는다
가슴 두근거리며 숨겨놓은 청학 한 마리
긴 다리 펴고 힘찬 날갯짓 한다
자그마치 평생을 힘겹게 걸어온
천삼백리 낙동강 줄기의 은빛 힘일 것이다
가끔 그곳을 지나다
여기저기 전설이 집요하게 전해지는
잔칫집 병풍 같은 직벽 앞에
장 닭, 암탉을 옭아맨 동행자와 상사바위 전설,
그리고 개비가 서 있는 뜨거운 사랑 이야기
잊혀가는 저 물줄기의 잔인함
하늘을 바라보는 소나무 잎은
옛일을 잊으라고
지나가는 바람결에 빗질을 수없이 해댄다
웃고 울며 살아온 모진 인생을 거듭 살아온 그들
낙동강의 도도함을 익히 알아야 하는데

이미 늦어 버린 세월 어찌 잡을 수 있을까
외롭게 서성이던 왜가리 또한 그러할 것이다
깔끔하게 도복을 차려입은 학봉은
멀리 떠난 할머니의 옛이야기같이
낙동강은 적송 잎 사이로 귓속말하고 있다
아직도 끝나지 않는 전쟁 이야기도
늙어버린 노인들의 가슴으로 전해온다
언젠가는 떠나버릴 그들의 꿈도
청학산의 증언처럼 들려올까

새벽

투명유리 밖 간간이 아스팔트 위를 짓누르는 타이어가
깊이 잠든 새벽을 깨우는 지금 천천히 뒤 난간으로 나간다
몽유병 환자처럼…
풍락목風落木 같은 담배 한 개비 물고
바짝 마른 입술에 찰칵찰칵 불을 댕긴다
밤새 소화하지 못한 그리움을 태워버리기 위해서일까?
내 앞에 성큼 버티고 선 거대한 검은 그림자 같은 무학산은
이미 타들어 가는 광려천 바닥을 감싸며
새벽바람 따라 흩어지는 안갯속에 조약돌을 어루만진다
바람 타고 날아다니던 반딧불처럼
반짝이던 불야성不夜城은 이미 깊은 잠에 빠져
저 멀리 24시 사우나 형광판螢光板만 덩그러니 앉아
온종일 파김치 된 육체를 일으켜
아직 충혈된 눈을 비비고 서서
잠시나마 가로등 불빛 아래 웅크리고 앉아
세상사 오물을 다 내뱉고
띄엄띄엄 질주하는 택시 속에 몸을 던지는 모습이

담배 연기 속으로 담겼다가 이내 사라진다
점점 멀어지는 검은 그림자는 청풍을 견디지 못하고
동쪽 하늘을 비집는 태양에 순종하듯
아침 단장한 모습을 드러내고
서울 가는 새마을호 열차가 아직 덜 여문 가을과 함께
밤새 식어버린 레일을 달구며 떠난다
그 긴 새벽 심통心痛을 잊은 양…

빼앗긴 평택 평야에서

안산천 건너 대추마을
허물어진 둑을 쌓는 모래바람은
나분하게 비상하는
흑두루미를 다그치며
밀치락달치락 앞길을 막아섰다

긴 세월 동안 일궈 온 옥토는
초여름 한나절 날 비에 쓸려
허물어진 늙은 앞가슴에
철조망을 쳐놓은 그곳엔

비닐하우스 안에
늙은 어머니의 사등이가 살기 다툼에
셋 거리가 영양실조에 걸려
꼬부라진 오이는 배가 등에 붙어
고향 빼앗긴 굴종으로 갇혀 허우적거리다

잠시, 아까시아 암향 길 거니는
대추마을 상서리마저도
아슴아슴 한 먹장구름 밑에서
뜨거운 반란을 하며

*소드락질 하는 들짐승
등쌀에 떠밀려 서산 등성이에 앉아
텅텅 빈 평야를 지켜보던 석양마저도
이내 속으로 이별을 고한다

*소드락질 : 남의 재물을 마구 빼앗는 짓.

지리산 고사목

천왕봉 벼랑 끝 능선 아래
날개 돋친 솜털 구름
나더러 신선이 되라고
송풍은 붉게 물든 나뭇잎마다
새가 되어 비상하라 하네
안갯속에 휩싸여 핀
연화봉 들국화 군락
하늘 위로 훨훨 날아 선녀가 되라고
고사목은 천 년을 버티다
비바람에 밤낮으로 시달려
살점 하나하나 찢어
잡목 되어 환생하라 하네
잔바람 아침이슬 털고
산사람 친구가 되었다가
눈보라 매치거든
떨어진 낙엽에 얼굴 묻고
봄이 오거들랑

썩어 문드러진 살점에 새싹 틔워
지리산 곳곳 산사람 할퀴고 간
흔적 한번 지워보라 하네

청암

훠이훠이

무자년 정월 초하루가 열하루 남겨둔 지금
진눈깨비가 손놀림 없이 포기한 손바닥 위에
툭툭 굳은 땅바닥 꽂을 표창 가는 악몽을 꾼다
그 광경을 바라보던 난 아직 차가운 물방울이
널따란 가시 연잎 위에 반짝이는 이슬처럼
가슴 쓰다듬어 보지만 세월이 약이라고 한다
광려 山기슭 한동안 당신 떠난 그 자리에
노오란 복수초가 이미 잠들어 버린 낙엽 위로
사르르 춘설을 비집는다
그 길을 걷는 사람을 살짝 가슴 부여잡는다.
크리스털 눈망울에 매달린 이슬은
멀찌감치 물러서서 그 광경을 바라만 본다
그때는 그랬다 겨우내 얼어붙은 감천 골짝 소루지
소댕이 반쯤 열린 얼음판 위에 앉아
자맥질하는 겨울 철새를 북쪽 하늘로 쫓는다
훠이훠이
어엿한 날갯짓은 소드락질 당하듯 자리를 비워 버린다

그래 봄이 오면 겨울은
그 자리를 비워줘야 하는 거야
보지락 덕에 삼월이 오면
땅바닥이 눅고 산 벚꽃이 벙글 거야
추워서 춥지 않은 온기
늘 감당하지 못했던 짓누른 어깨를 훨훨 털어버리자
이쯤 저 자리를 비워줘야지
더 욕심을 부리지 말아야지
미련 없이 이곳을 재빨리 떠나가거라 훠이훠이
지난 가을 졸가리에 춘설 사랑이 움트고
하늘 위로 쌓아 올린 언막이 안에는
모판 옹알이가 풍성한 들을 장식하고
무성한 볏단에 알곡이 차거든 너를 또 부르마

세월

반동 노인당 위 퍼질러 앉은
먼 길 걸어온 팔각정은
우두커니 서 있는 나를
한사코 서쪽 하늘로 얼굴을 돌려놓는다

닭 섬 주위를
물방개처럼 빙글빙글 돌고 있는
상복 입은 갈매기도
텅텅 빈 어선 위에 앉아 통곡을 하며
석양을 바라보라고

그 주위를
형형색색 꾸며놓은 꽃상여
싸늘히 식어가는 주검을 보고
줄지어 발맞춘 갈매기 상여꾼은
지난 세월을 잊으라고
덩실덩실 춤추며 등을 떠민다

내 시야에서 벗어난
깜깜하게 물든 곳엔
바다를 떠나본 적 없는
늙은 어부의 사랑도, 그리움도 미움조차도,
그 세월 속에 모두 삼켜 버린다

갈 길 잃은 그곳엔

그대들이 울부짖는 그곳엔
희망의 밥풀조차 목구멍에 넘기지 못하는
애통함이 있었다.

밤잠 설친 눈시울에
희미하게 비춰주는 햇살마저도
고통 속에 늘어선 눈부신 분노는
깃발이 되어 하늘을 흔든다.

온몸을 쥐어짜듯 달려드는
맹추위를 견디어 낸 그대들인데
화사한 벚꽃들의 웃음소리는
두려운 침묵만 흘러 가슴을 찢고

충혈된 눈 속의 독기는 원망의 물보라가
광란의 육체를 흔들며
하늘을 찌르듯 솟아 있는 기둥이
하늘을 꾸짖으며 위태로워 보인다

뒤돌아가려니 텅텅 빈 쌀독
환청처럼 들리는 자식들의 울음소리
지쳐버린 육체는 방향도 없이 헤매는 길

늘 그러했듯이
그 길은, 삶의 터전을 다듬기는커녕
질퍽한 흙탕물에
부모와 자식의 피를 부르는 싸움처럼
혼탁해진 머리를 내려칠 뿐이다

*창원공단 노동자의 집회장에서-

빙하를 뚫는 봄

낭창낭창 청솔가지 밑에
겨울이 덮어버린 눈 속으로
목 놓아 지저귀는 새는
치마폭에 감싸던 자식을 그린다
허공에 바닷물마저 얼어 붙인 바람은
무척 긴 세월 동안 변함없이 빙하를 뚫고
따사로운 봄 찾아 흘러간다.
바짝 마른 가지 끝
빨갛게 익은 단풍인들 남았을까
겨우내 언 땅 위에
그들의 입술에 핀 꽃인들 남아 있을까
적막이 흐르는 감천 골짝은
무학산 능선을 따라 넘어도
아무것도 보이질 않는다
아무 소리도 들리지 않는다
그때 그 외침마저도
봄을 찾아 흐르는 개울물 소리에 묻혀

귀 울림도 미미하게 들릴 뿐이다
마산부두 모퉁이 그의 모습은
아직 자율 교복도 입지 않고 있다
봄은 빙하를 뚫고 있는데

*3.15 해양누리공원 김주열 시신 인양지 앞에서-

그대들이여!

무학산 기슭 청솔 위에 앉은 백로가
까마득하게 잊었던 그곳을 날아든다
입이 있어도 열지 못하고
귀가 있어도 듣지 못했던 때
양손에 대한민국 태극기를 쥐고서야
새벽닭 울음소리가 들렸다
피 토하는 외침이 골목골목 돌풍처럼 뛰쳐나오고
총탄이 멈추고서야 귀가 열렸다
가난한 농부의 아들로 태어나
자그마치 수년이 지나 바닷물에 절인
살갗이 흙에 묻혀
핏물이 지하수가 되어 흐르고서야
꿈을 꿀 수가 있었다
가슴을 뚫고 지나간 구멍에는
마산 앞바다의 푸른 욕망이
하늘을 나는 까마귀의 부리에 날개를 달고
저 멀리 날아가 세상 한 바퀴 돌고서야

하늘이 다시 열렸다
고였던 강물이 터졌다
마산 오동동 문화의 거리에
그대들의 목소리가 빌딩 숲을 만들었다
그때 그 자리에 운집된 은하수가
멀 대처럼 선 빌딩 숲에 촘촘히 네온으로 바뀌고
그대들의 가슴에 언 눈은
온돌방에서 녹이고 있다
지금이라도 늦지 않았다
그대들을 부르자
그대들의 넋을 불러 보자
목 놓아 불러보자
장하다 위대하다 그대들이여
아직 무학산 뒷산에 잔설이 있거들랑
모두 녹여 버리자
오동동 발원지에 서서
오늘만이라도 외쳐보자
그때 그 일을 기억하자고....

늙어가는 도시의 꿈은 없다 1

(1)

땅거미를 밟으며 112 순찰차가 골목길을 누빈다
술 취한 육체가 피투성이가 되어
귀를 막고 눈 감고 말문마저 닫는다.
살아있지도 죽어있지도 않은 중음신으로
늙어 가는 도시의 꿈은
독거노인의 한 많은 세상을 생색내듯
문명이 있어도
그 문명을 받지 못한 골목길은
장맛비로 함석 조각 지붕 모퉁이가
퀴퀴한 냄새로 늙어가고 있다
옛날 부모님의 말씀처럼
야 야 까치가 울면 반가운 손님이 온단다
이젠 그 말도 무색할 정도로
도시의 거리를 지키는 은행나무 위로
사정없이 내리치는 빗줄기가 그것마저 좇아
온갖 오물과 쓰레기더미가 된 도시의 풍경들

겉치레만 화려한 꽃들은
여기저기 시든 꽃잎처럼
한여름 땡볕에 말라비틀어진 헐벗은 몸으로
돈 몇 푼 때문에 성을 주고받는다
하늘을 날아다니던 오염된 허공을
장맛비로 씻어 내리는 구정물을 맞으며
이리저리 정리해 보지만
공허하게 뻗어있는 아스팔트 위의
경계선을 그어 놓은 차도 속에
물밀듯 밀려드는 개미군단의 행렬
그 속에 곡예 하는 사람들
인생이 무너질 듯 위태위태하다
새벽까지 방황하는 젊은 청춘들
정신마저 혼미해지는 도시의 꿈은 있는 것일까

늙어가는 도시의 꿈은 없다 2

(2)

세상사 지친 모습으로 지켜보는 난
10대의 꿈으로 시곗바늘을 되돌려 놓는다
해거름
황토 아궁이 위에 올려놓은 가마솥
누렁이 먹을 소죽 냄새가
옛 향기로 젖어 가는 청기와 지붕 밑에는
솔가리 불길 속에서 타닥타닥
어머님의 목소리가 들려온다
그 목소리마저 점점 멀어져 가는 요즘
길게 뻗은 골목 어귀 사이로
당산 위에 넉넉해진 물꼬를 보며
저 멀리 보이는 참 샘이 수박밭에 앉아
막걸리 한잔으로 부르던 콧노래도
이미 떠나버린 희미한 추억 속에 잠겨
그 시절의 얼굴들이 내 나이만큼 자란
앞산 소나무의 까칠해진 몸집이 새삼 생각난다

그땐 꿈마저 순수했다
그 기억마저 떠나버린 고향 들녘
오랜 기억의 존재는커녕
점점 허물어지는
타인의 꿈으로 죽어가는 땅이 되고
하늘소 더듬이는 이미 부러져 방향을 잃고
쟁기 놓은 지가 꽤 오래되었지 아마
그렇게 어울려 살아가던 이들도
술 힘으로 하루 몇 푼의 돈을 세는
인력 시장에 팔려 어깨허리 부러질 것 같은
일그러진 슬픈 얼굴로 잠들고
그들의 세상은 맹인이 되어
잊어버린 신작로 자갈 소리 더듬거리며 찾아가지만
이미 늙어 가는 도시의 꿈은
멀찌감치 물러서서 바라보다
이내 암흑 속으로 사라져 버린다

늪

-시안카안 자연보호구역-

유네스코 하늘에서만 빛을 내리는 세계적인 유산 늪
담수와 해수가 어울려진 수많은 동물과 식물과 원시 인간이
있기에 그들은 무엇하나 모자람 없는 행복이 있었다.
자연을 침탈하려는 비릿한 인간있어 그곳을 통제하는 시
안카안 자연보호구역이 있다.
군암새가 하늘 위로 날으며 외친다
브라운텔리킨에는 인간이 없다 그러므로 홍수림이 형성되어
상상 속에 자라났던 붉은 나무가 자란다. 보이지 않는
땅속에는 자연이 박사가 되어 끊임없는 연구를 하고 보이지
않는 몸속에도 스스로 생존하는 적응훈련을 하고 있다
그곳은 적어도 인간의 발걸음 소리가 없는 자연 스스로
지켜나가고 있다. 그것은 인간이 없어서 가능할 것이다
이기주의 폭 끈 없이 자란 그 넓은 멕시코 하늘이 만들어진
자연 그들은 지금도 변함없이 생태를 지키고 사슴, 새,
뱀, 수십 종의 생태들이 인간이 없는 하늘 아래서만 존재
한다고 한다.
그곳에는 수천 년의 은거한 유적이 있다

고대시대 그 몹쓸 인간은 자연으로부터 버림을 받았다
그들이 떠난 자리에 흔적이 곳곳 남아있다
욕심과 악의 존재로 피를 부르는 싸움을 하고 파멸의 길을 재촉한 이들은 모두 떠났다. 그곳에는 사람 소리도, 온 지구를 흠집 내는 폭음도 없다 노랑 꾀꼬리가 사포딜라 나무에 노래를 들려주고 있을 뿐이다.
자연을 지키고 자연 속에 사는 인간이 원시적으로 농사를 짓는 것을 하늘이 만들고 있다. 여기 우포에도 대자연의 꿈을 키웠으면 시안카안 자연보호구역 처럼...

| 2부 |

시인의 인생

삶의 흔적

난 고향 집에 갈 때마다.
반쪽 사랑에 착 달라붙은 저 풍경
저것 봐라!
사계절 매미 태풍이 분다
내 가슴이 왜 이리 아픈가
골목길 앞 도랑물 같은 기억들
어린 똥 기저귀 손빨래하듯
숫돌에 녹슨 낫 가는 아버지
생각할 겨를 없이 삶의 흔적을 지운다

이미 떠나버린 어매의 빈자리에
조그마한 정미기는 쌀을 찧고 있다
타다 남은 불씨처럼
늘 마음 졸이는 반쪽이 된 헛간
손자 손녀의 재롱도 없는
단물 빠진 시멘트 담장 위에
호미, 낫, 괭이가 태평하게 걸려 있다
가끔 땅에 비비고 있지만
작은 돌에도 훌쩍 이빨이 빠진다

박꽃

누가 저렇게 가물가물 보이는 고향 토담 위에
여인네의 젖가슴처럼 둥그레 하얀 달을 걸어 놓았나
내가 열여덟 해에 딸기 팔아 장만한 자전거 타고
대장간 다녀온 막내아들
성냥 불꽃 튀기는 무쇠 낫 담금질 전에
텅텅 빈 헛간에 걸어놓은 요즘
날개 접은 어머니의 손길일 게야
역마살로 떠돌던 내 허리춤에는 늘 뜨거운 햇볕을 차고
펄펄 끓는 바다 한가운데 앉아도 보고
한가로이 수리 전답 물고에 앉아 갈라지는 논바닥을 보며
늘 가슴에 아려오던 생손톱 빠지던 그리움도
내 상심한 계절을 따라 가슴을 갈라놓은 속에 가득 담아
바느질도 해보는 것도 하얀 박꽃 속에 그려놓은
시 한 수가 고작
자식 떠난 그곳에는 병들은 노부모가 목숨 부지하고
여기저기 꿈속에 피어 올린 어둠 밤 밝히는 박꽃은
안간힘을 다해 손을 뻗어
허물어진 담벼락에 엉금엉금 기어 올라간다

영남루에서 1

새벽을 걷어낸 아침 햇살 같은 아랑의 표정
남천강 맑은 물에 떠 있는 태양이었던가
수년을 마디마디 담아 놓은 청죽의 마음은
하늘을 향해 터질 것 같은 폭죽의 몸짓
한나절 내내 우는 박새가 저 멀리 날아가
서산에 걸터앉아 눈이 빠져라 기다리다
강물 속으로 빠져드는 황금빛 불이 붙어
타닥타닥 흑장미로 피어 올린 석화가 핀다

영남루에서 2

사통팔달四通八達 밀양역 레일은
속사정을 아는지 모르는지 가슴만 달구고
그침 없이 내 달리는 기적 소리는
고향 지킴이 남천강 귀퉁이 저 샘물은
강둑길 걷는 나그네 타는 목축여 주는데
멈추지 않는 힘찬 날갯짓 포드닥포드닥
몸부림치는 언어 떼가 나를 보듬고
농암바위에 올라서서 승무僧舞춤 춘다

영남루에서 3

이미 너의 모습은 희미하게 불어오는 봄바람
저 남쪽 하늘 먹구름이 비를 불러 꾸짖으며
청룡은 남천강 물속에서 용솟음치다
천 년 비늘 뚝뚝 떨어뜨리며 봄을 재촉한다
날아갈 듯 가벼운 발걸음은 잠시 멈춰 서서
서산에 지는 낙양을 덥석 쥐어 보다가
내이동 시가지 풍경은 은하수로 뒤덮는다

영남루에서 4

늘어진 승용차 불빛은 청실홍실처럼
헐떡이는 내 마음 위로 세월도 질주한다
저 멀리 흉년들은 콩처럼 반쪽이 된 달 따라
너의 영혼이 살아온 것처럼
청죽의 이파리는 온몸을 흔들며
아랑의 슬픈 울음소리가 귓전에 들리는 듯
저 멀리 개 짖는 소리가
목쉬도록 내 가슴을 찢어 놓는다
영남루 가로등 불빛이 나를 부여잡는다

삼형제

떨어졌다 다시 만남을
수없이 겪어 온 삼형제
자정을 기해 한마음이 된 지금
새해 첫발 디디는 타종소리가
또 한해의 발걸음을 재촉한다
첫 타종 소리와 함께
막내가 선두에 서서
떨어지지 않는 발걸음
가냘픈 몸으로 미래를 향해
찰칵! 힘찬 발을 옮긴다.
그래, 함께 가는 거야
용기 주는 종소리가 깊어가는 새벽을 깨워
동해의 여명은 꿈을 현실로 밝혀준다
절기를 때맞춰 주겠다는 약속
그렇게 마음 움직여 본다
둘째, 셋째도 규칙적인 간격을 두고
조심스레
찰칵찰칵 뒤를 따라나선다

한정된 우주
그 속에 펼쳐질 미래는 알 수 없다
하지만 가야 하는 길과
믿음의 별은 긴 행렬을 따라
찰칵찰칵 뒤를 따라나선다

주남저수지는 늘 배가 고프다

안개꽃이 훨훨 나는 겨울 철새 떼
천국과 이성을 넘나드는 곳
텅 빈 속 채우려 이곳저곳 비상하다

넓은 마음으로 감사는 그곳
가끔 은폐할 곳을 마련한답시고
여기저기 억새가 서걱서걱 스르르
달갑지 않은 바람이 마음 흔들고 있다.

한판 모진 추억 만들려 힘찬 날갯짓
고니의 아집 때문에 승강이질 벌이는
꽁꽁 언 빙판 위에 뒤뚱뒤뚱
그 모습까지 알아볼 수 없는 실정이다

날카로운 억새 칸막이로
그들의 모습을 숨겨 보지만
점점 커지는 눈구멍이
그들을 속일 수는 없을 것이다

거친 숨소리가 살찐 구름 떼를 불러와
시들해 버린 햇살을 꾸역꾸역
토해내다 못해 쏟아버리는 겨울비가
삼삼오오 모여 이야깃거리를 만들고 있다

딸깍딸깍 아가씨의 종종걸음에 놀란
주남저수지는 늘 배가 고프다

청암

원동역

천태산 아래 내다뵈는 원동역에 가면
태백산 골수처럼 흘러온 강물이
봄볕 달아오른 매화꽃 피웠다.
천 삼백 리 길 하루도 거르지 않고
숨 막히게 걸어온 낙동강 줄기가
모진 풍파 속에
그 아픔 다 디디고 살아온 탓인지
지금은 늙은 몸으로 성한데 하나 없는
고질병이 되었다

춘삼월이 오면 젊음이
불끈 달아오른 열기가 버릇처럼
다가오는 심장 박동 소리로
철로 따라 흐르는 전율은
청순한 눈과 귀가 되어
오카리나 하모니카 음률에 매달린
은빛 파장 속에 머물러 줄 것인지

원동역 플랫폼에 서서
순매원 오는 무궁화호를 기다리고 있다

먼 길 떠나기 전 울긋불긋
매화 향기와 막걸리 한잔으로
한숨 돌리는데
이참에 어둠 속에 밀치는 땅 기운과
펄펄 끓는 매화 향기 맡으며
청매가 주렁주렁 열릴 때까지
여기 눌러앉아 굳어 가는
내 삶의 흉터를 지우며
저 고질병도
한번 마음먹고 고쳐보려나

허무

인간은 늘 서서 있다
그리고 쉼 없이 걷고 걷는다
그 옆엔 나무가 거꾸로 서서
하늘을 원망하듯 발로 밟고 있다

점점 지온은 올라가고
다들 폭발 직전이다
인간은 저 나무보다
먼저 숯덩이가 된다는 것을
늘 느끼고 체험을 한다

내 어릴 때는
저 석양이 왜 붉은지 몰라도

지금은 왜 붉은지
어떻게 타고 있는지
내 가슴을 두드려 보면
알 것 같다

가면 갈수록 아프다
점점 답답해 온다.
숨통이 점점 막히는 것 같다
허무에 허무
신선한 나무를 보아도…

시인의 인생

숨죽이고 걷는 나선 발걸음이
떠나야 할 길을 가지 못하고 잔해한 그들
밤새워 마음 읽는 소리가
바스락바스락 책장을 넘기고 있다
억새가 눈바람을 안고 한판 시름 할 때
이미 산새들은 저 멀리 가버리고
서산 한 달빛 사이로 지루했던 시간
쪼개고 또 쪼개고 해도
훌쩍 다가서는 희미해진 일출의 긴장함
물리칠 수 없는 세상사 이치
떨어지지 않는 눈까풀에 억지를 부리며
지난 여름날 폭우로 씻겨 내려간 살점 사이로
불거져 나온 늙은 밤나무의
뿌리 같은 시인의 인생이 된다
그렇게 잊기도 전에 찾아온 봄
시인은 또 나선 시제를 찾아 길을 나선다
쓰러질 것 같은 한 구절의 시를 쓰기 위해
지난 낙엽 비집는 저 봄 소리가 되어

오봉산

오봉산 7부 능선에 걸린 운무가
도대체 동토에 솟구치는
볕을 내어주지 않고
몇 날 며칠 세상 근심만 가득하다
다람쥐가 아침 식사를 할 때는
저 멀리 산 까치가 벗 찌 열매를 물고
허기진 속을 채우는데.
이곳저곳 밤꽃 냄새가
젊은 과부의 가슴을 치며
들꽃이 되어
세상 밖에 나간 지가 오랜데
아직도 돌아오지 않는
저 알 수 없는 물길은
깊이를 알 수 없으니
밤새 젖은 저 푸른 숲은
또 언제 세상맛을 볼 수 있을지

수목장

동토에 빛을 발하며
속세의 길을 나왔다는 신호를 보낸다
우렁찬 목소리가 장차 큰 인물 되리라
만만치 않은 속세의 길
잠시 *누눅한 녹색 수풀에
차 한 잔 따르고
시원스레 흐르는 물 따라온 것이
붉은 서쪽 하늘 맴돌던
빗방울 같은 존재들
죽음 앞둔 그들은
운해를 디디고 하늘을 날고 있다
존재는 그리움 아니면 만남
사랑 아니면 이별
행복 아니면 불행이 있었다
바로 이곳이다
은해사 쭉쭉 뻗어 적송 밑에
알고 보니 죽음에 이르고야

육신을 불태워 업을 묻어
한 몸이 된 새로운 존재
운해를 감사는 곳에 환하게 웃고 있다
이름표를 달고 오가는 행인
스님, 보살들과 함께하는
여기저기 마실 나온 수목장

*누눅한: 습기가 차 있는 숲

조가비의 꿈

조각난 구름 떼가 뭉치면 눈비를 몰고
사금파리 땅따먹기하는
가포 앞바다 갯벌에 묻힌 조가비가
몇 년 전부터 솥뚜껑 안에 갇혀
무수한 고문을 당하고 있다
그러나 입을 열지 못하는 사정이 있다
욕심이 그의 꿈을 짓밟았다
분명히 황금으로 땜질하여
그들의 입을 막아 꼼짝달싹도 못한다
채석장 자갈이 뒤덮이고서야
자기의 몸뚱어리가 썩었다는 것을…
이미 주검이 된 생태계는 오물 속에 묻혀
세상 떠돌다가 속이 다 썩은 모양이다
난 저놈의 속사정을 안다.
조상 대대로 자리를 지켜온 갈매기도 알고
누구든 그 자리에 와본 사람은 다 안다
아는 사람은 다 안다

밤이면 반짝이는 등대도 알고
하물며 지나가는 외항선도 안다
난 조가비의 꿈도 안다.
옛날 그대로 지켜야 하는 것을…

| 3부 |

고향집 자두

고향집 자두

고향 남새밭 귀퉁이 수박 넝쿨처럼 커가던 아들놈도
까마득한 옛 향기가 솔솔 나는 자두나무 밑
할머니 댁을 그리워한다
작년 이맘때 뒷집 흰동댁 자식만큼 매달려
셋집 식구 나눠 먹고도 이집 저집 나눠 먹던 기억도
내 나이만큼이나 먹은 넌
수년 동안 배곯은 탓인지 몸에 부대끼는 모양이다
옛날 젊었을 때는 땡볕이 먹장구름에 가렸다
하늘이 열릴 때처럼 하얀 꽃이 만발하더니만
언제 세월이 흘렀는지 머리 희끗희끗
이제 폐경까지 오는 듯싶다
안색이 핏기 하나 없이 자갈밭에 주저앉아
주렁주렁 유월의 하늘 아래 끊임없이 부지런 떨다가
늙은 어미 장독대 옆 겨우내 언 가슴 열며
한자 두자 키워오던 넌 꽃망울 튄 얼굴로
매년 담긴 빨간 사랑과 희망은 마음뿐이었던가?
그래도 손자 입에 넣는 재미로
끊임없이 땅 기운 퍼 올린다

여인의 봄은 뜨겁다

거추장스런 허물을 벗어 던지고
고결한 육체를 드러낸다
그 품속에 안기라고 사르르 녹는다
봄,
당신의 체온으로 덥혀
저 푸른 대지가
길게 뻗은 낙동강 물줄기 흐름처럼
무척 매끄럽다.
저 젊음은 점점 열기를 더해갈 것이다
불덩이는 가슴 깊숙한 곳
마력 의한 진화로 온몸이 뜨거워진다
자외선 받아먹는 탄소동화작용 따라
응고된 혈을 녹이며
촉촉이 젖은 배설은 하늘로 흘러 익어갈 것이다
그래서 봄은 옷을 훨훨 벗어 던지고
볕을 담아
봄 여인은 알몸 되고
여인의 봄은 뜨겁다

추억의 바다가 그리운날

꿈을 꾸는 현실에
내 가슴속 깊은 곳으로
두려움의 멀미를 더 할 때
답답한 가슴을 거침없이 쓸어주는
태종대 앞바다가 그리워진다

아픔마저 잊고
부딪치는 거센 파도로 에워싼
기암 바위 사이로
수없이 찾은 추억 속의 바다

밀려드는 파도에
조약돌 쓸리는 소리를 들으며
해풍과 육풍이 서로 만나 포옹하며
사랑에 빠지더니
이내 하얀 파도 꽃이 피어오른다

폭풍처럼 그리움이 엄습할 때

마지막 빛을 발하는 저녁노을이
답답한 가슴을 어루만져 반기던
그 광 엄했던 태종대 앞바다
나에게는 그 바다가
고향의 품처럼 포근하다

저 숲속에 있을 때가 좋았는데

허물 수 없는 가녀린 저 숲들의 몸부림
앙상한 몸으로 떨어낸 흔적 없는 들녘
힘없이 물러선 저 삭정이 같은 몸들
움츠린 모양새가 참 애가 탄다.

평생을 말문도 트지 못한
모진 삶을 마감하는 썩은 저 고목은
이미 나가떨어진 가을 하늘이 되어
점점 달음질치는 무서리 탓만은 아닐 것이다.

황태 인생을 바꾸는
혹한 된 바람 같은 인생만은 또 아닐 것이다

인생은 바람과 같은 것

삶의 흔적은 찬바람인지, 더운 바람인지
아무 의미 없이 몰고 다니다
의심도 한번 하지 않고 지우는 저것들
이제 어디에 마음 붙일까

그래 사는 게 다 그렇지 뭐
저 숲속에 있을 때가 좋았다고
지난 것들에 그리워한들 무엇하랴
그래도 저 숲속에 있을 때가 좋았는데

그곳에 가면 목마른 늪만 있을 뿐이다.

일억 사천 년 동안 지켜온
소벌우포의 생태적 언어와 문자
그 소통 속에 생존의 투쟁은
그들 자신만의 투쟁이 아니다

최대 오르가슴으로 배출한
사랑의 퇴적물,
먹이사슬 같은 생존의 진실
수초와 개구리의 생애
깊숙이 숨어버린 떡붕어들

무명실 같은 애환을 문자와 생태로 조합되어
엉켜 버린 타래로 풀어가야 할
궁핍한 삶의 목마름이다

세월 깎아 낸 토사 위로
자유를 갈구하는 가시연은

이미 빙판 위에 줄지어 선 고니 기러기
청둥오리의 연결 고리 같은 생명줄이다

논병아리 아장아장 뒤로
며느리배꼽 풀의 웃음소리도 들리고
우심방 같은 토평천 심장 박동 소리도 들리고
밤낮 농부의 땀방울 떨어지는 소리 같은
소쩍새와 매미 소리도 들려온다

그 소리가 생태적 존재 이유라면
세상의 눈을 뜨게 할
물 밤의 구수함 같은 소통은커녕
늘 그곳에 가면 목마른 늪만 있을 뿐이다

가을 호박

밤새 꿈을 키우던 이슬을 걷어 동트는 햇살
점점 짙어가는 벌 나비와
호박꽃 사랑이 시작되는 봄

그 봄날이 깊어 한창때인 장맛비가
따가운 등줄기 땀 씻으며 돌담 위를 휘감아
탯줄을 끊고 배꼽 떨어져 키우던 모성

이제 붉은 속살 내미는 꽉 찬 씨앗들
세상 밖으로 나오려는 사투 벌인다
돌담과 이별의 쓰라림
그 아픔을 견디기에 무척 애가 타는 모양이다

온 힘 다해 밤낮 퍼 올린 모유 마시며
젖줄에 매달려 생존한 넌
바깥세상에 나와 뛰어놀던 때가
얼마나 되었누 쯧쯧...

날카로운 비명 지르는 대청마루 한 귀퉁이
엄마의 자궁이 열린다

서쪽 담장 위에 앉아있던 넌
미지의 세계로 스르르 넘어가고

저 삽짝 밖 돌담 위 잘 익은 늙은 호박
듬성듬성 짜진 수수 발 위에 늘어진 호박 울

고향의 봄

탱자나무 울타리 옆에는
내 나이만큼 먹은 자두나무가 아무 내색지 않고 서 있다
수년 동안 어머니 아버지가 품었던 땅 기운 마시고
어머니의 손길이 끊긴 장독대 틈에도
아버지가 쌓아둔 우엉대궁 사이에도
달래 냉이 민들레 질경이가 빈자리 채우듯 새싹이 오른다
비봉산 기슭 오솔길 따라 스르르 넘어오는 따 순 햇살도
저것들과 어울려 봄을 부르고 있다
고향 벌판에는 아직 살랑한 마파람으로 흔들며
옛 기억을 더듬고 있는 나룻배 밀어 띄우듯
아직도 검정 치맛자락을 부여잡고
10년 터울 누이가 남새밭 울타리 사이로
기어 다니며 칭얼대던 때가 아득하다.
초가지붕 없어진 한켠 홍옥 사과나무가
봄볕에 달군 빨간 꽃이 머리 위를 부풀리며
자그만 꽃동산 만들었다 아버지의 꿈처럼
지나는 봄바람은 겉옷을 하나하나 벗어 던지고

그 가난했던 긴 골목을 벗어나면
기억조차 아득하게 흘러내리는 청수로 상추 씻듯
지금 내 마음도 씻어보고 싶다
그때 그 자갈길은 아스팔트로 단장한 지가 수년 되었다
그 옆으로 띄엄띄엄 선 벚나무가 같은 길을 걸으며
아픈 기억도 훨훨 털어버린다
살붙이들의 얼굴에 웃음꽃이라도 피워
흘러간 세월만치 돌려놓고 싶다
자그마치 삼십년 만이라도 되돌려 보고 싶다
목디산 가르는 계곡엔
그때 그 넓은 오석도 변함없이 누워있는데
공룡 발자국처럼 굳은 세월이 아니더라도
그곳에 낮잠이라도 자며
꿈속에 펼쳐진 봄 향기도 채워 보고
잠들은 내 숨소리와 함께 박자 맞추던
박동 새 노랫소리도 한번 들어 보고 싶다

잊혀진 나루터

강물이 불어야 수산 장 배가 뜨고
가을건이로 쌓아둔 곡물 그 위에 실어봐야
길곡댁은 고구마 한 가마
마천댁은 여름 내내 땡볕에 어린아이 세수시키듯
닦고 다듬은 고추 두 근
샛담에 사는 김해 어른은 소일거리로 키운
염소 한 마리 끌고
물을 무척이나 겁내는 놈이 끌려가는 모습은
강 건너 땅콩밭
아버지 발걸음 소리만큼이나 힘겨웠던 그 시절
장돌뱅이 곡물은 강물을 짓눌러
강바닥이 닿듯 말듯 무거운 엔진 소리가
수산 다리 밑 나루에 정박해 놓는다
수산 장터에 막내아들 책가방, 운동화, 사탕도 한 봉지 산
아버지는
파서 사는 사돈어른 만나
막걸리 한잔도 대접하고

주전부리로 부르던 노랫가락 소리가 떠난 요즘
비리 끝 상사 바위가
물끄러미 내려다보는 임해진 나루터에
엘팔피 나룻배가
한나절 내내 졸고 있다가
해거름에야 비리 끝으로 한 바퀴 휙 돌고 온다
옛날 풍성했던 그 시절 버릇처럼…

따오기의 비애悲哀

토평천 동굴에 태어난 신비의 늪 우포
제초제가 여린 꽃대를 꺾어
보리대궁을 짓밟는 엽총 소리가 *갑치던 때
홍학은 넌더리치며
1979년 내 나이 열여섯 살 되던 해
화약 냄새로 부대끼다 이별을 고했다
백로가 긴 목을 빼고
물밑 깊숙이 각시붕어에게 물어보지만
생태 질서가 어지럼병에 걸려 대답이 없다
민물 농어 미국 민 돔이 뭐라 대답은 하지만
알아들을 수 없는 언어다
하지만 1억4천 년 전부터
밤낮으로 진화된 수천 종의 생태들
다시 공룡의 괴성 소리가 미미하게 들려오는 듯
봄이 소가 되어 해껏 까지 되새김질을 한다
인류의 심장 우포는 여전히 뛰고
쪽지벌 각시붕어도 사지포 가물치도 뛴다

생이가래가 논병아리처럼 종종거리고
멀리 떠난 따오기를 기다리던
가시연은 하늘로 크다 지쳐 누워있다.
지금도 철새들은 갈댓잎 깔고
그 위에 옥잠화로 울도 짓는다.
버릇처럼 맴돌던 소금쟁이도
홍학의 기억을 더듬어본다
가마골 적송 위에 늘비하던 그의 모습을…

*홍학: 홍따오기
*갑치던:깝죽거리던

기다림에 지친 사람처럼

그리움에 지친 새벽
별빛 뒤척임에
나를 깨워
당신 품속에 파고든다.
늘 그리워 해놓고
이렇게 외로운 것은
봄볕에 달궈 시든 꽃잎처럼
여린 마음 때문일까?
때때로 타오르는
투우사의 현란한 몸짓으로
심장 깊숙이 꽂아 놓는
날카로운 창날도
나를 현혹한
춤추는 여인이 되어
매혹적인 허리를 휘감는다
기다림에 지친 사람처럼

이슬 속에 바라본 세상

광려산 기슭 밤새 키워온 큼직한 이슬의 꿈은
널따란 벽오동나무 이파리에 걸터앉아있다
그가 그 이슬 속을 평판 측량하듯 보는 세상은 다 둥글다
새벽을 뚫고 고달프게 달려온 한 사내의 삶도 둥글고
수년 동안 억척같이 살아온 고추밭 저 아낙의
가을 또한 붉고 사랑스럽게 둥글다
여기저기 뭉쳐 사는 저 감천 골짝 집들도 둥글고
궁전처럼 꿈나무 키우는 저기 저곳 아이들 웃음소리도
터질 듯 부풀린 풍선처럼 밝은 웃음소리도 둥글다
온 세상이 둥글고 모는 없다
그저 이슬 속으로 바라본 세상 그렇게 사는 것이
먼 훗날 죽음 앞에 둔 후회 없는 삶을 살았노라고
말할 수 있겠구나

| 4부 |

붉은 항아리

불길이 치솟는다

비사벌 중심부에 우뚝 솟은
화왕산 갈대숲에 불길이 치솟는다
희망찬 불길이다
한여름 뙤약볕에 달구던 곡식들이
고개 숙인 가을을 상징이라도 하듯
는개가 토평천에도, 우포에도, 목포에도
사지포에도, 쪽지벌에도
사랑의 입김을 불고 있다
올가을엔 중국에서 따오기가 온단다
화약 연기에 떠났던 따오기가
저기 우포늪에 온단다
지아비 어미가 살던 이곳
피비린내가 사라졌다고
한여름 내내 왕 버들 숲 매미가
가슴에 불을 질렀다
그들의 아비 어미 영혼이 있다고
거대한 품 숨결이 있다고

낯설기만 한 이곳 여기로 온단다
그때 그 아비 어미의 피난길 기억하라고
억새꽃에 불을 질러 불길이 치솟는다
희망의 불길이 치솟는다

소별의 눈빛이었으면 좋겠소

이제 그리움은 그만
당신이 머문 자그마한 움막이라도
늘 바라볼 수 있는
보랏빛 도라지꽃이었으면 좋겠소

떡갈나무 무성한 삶의 흔적에
또 한 번 막이 내릴지 모를
억새의 날카로운 눈빛처럼
한 겹 두 겹 피었다
자지러지며 떠나는
당신 닮은 하얀 배꽃이었으면 좋겠소

내 눈앞에 재롱부릴 때
늘 행복에 겨워 봄꽃이 지천으로 피었다가
혹여나 떠나더라도
읍내에 문집 아저씨 대팻밥처럼
바람난 신작로 따라 훨훨 춤추는
벚꽃이었으면 좋겠소

거북 등 같은 몸뚱어리가
두려움 없이 세상을 살아온
어머니의 삶처럼
살갗 뚫고 나온 가시연꽃이 되어
붉은 핏빛으로 물들인
소별의 눈빛이었으면 좋겠소

상여 꽃이 산으로 갑니다

가마도 없이 시집온 저 산길 같은 여인
바람도 빗물도 눈물에 젖어 청춘 다 보낸 날 땅
무성한 잡초에 이슬이 송골송골 유성처럼 세상을 내다보고 있다
헛간에 걸린 깔딱 낫은 수명이 다 되어
저 멀리 촌가 백열등 불빛처럼 끄먹끄먹 거린다
자식 뒷바라지에 늙은 육신은
소나무 껍질처럼 저승꽃이 피었음을 이제야 알았다
누렇게 땀 밴 가을 들녘은 어매 가슴처럼
쭉정이 벼 이삭같이 하나하나 품을 떠났다
세월을 이기지 못해 모진 목숨 허물어 눈먼 땀방울은
이승도 아니오, 저승도 아니오,
안절부절 서성이며 세상 꽃을 피웠다
그 옛날 허물어진 부엌 귀퉁이 쪼그리고 앉은 아궁이 불길은
부풀린 보리밥 담은 양분 빠진 소쿠리가
종종걸음 되어 들길 나서던 그때 그 젊은 어매의 눈물은
이미 말라 버렸기 때문일 게야
지난 세월 그리움은 가슴으로 저려 와도

기억도 없이 훨훨 날아든 노랑나비 품속에
가야 한다 가야 한다 세상사 다 버리고
먼 훗날 구름에 물어봐도
갈바람에 귀 기울이던 억새 바람에 물어봐도,
텃밭 허물어진 돌담 위에 앉은 늙은 호박에 물어봐도
대답 없는 그 길로 상여꾼 노랫소리가
덩실덩실 춤추며 산으로 간다
상여 꽃이 꽃가마 타고 훨훨 산으로 간다.
세상사 다 버리고 저기 저 들꽃 품으로 간다

붉은 항아리

내 나이 일곱 되던 해에는
우리 동네 옹기 골 봄나들이 나온 황토 흙이
잘근잘근 밟혀 진달래도 멍이 들었다.
한쪽 눈을 감고
엠완 소총열 처럼 반질반질 안을 살펴보고 있다
베트남 전쟁터에 지원 간 아재같이
이놈의 붉은 피가 파르르 떨며
너의 살갗에 찍어 바르고
무쇠 같은 손으로 아랫도리 살살 만지며
가느다란 손끝이 그리워 요술을 부린다.
낙동강 강바람이 다가와 붉은 항아리 숨구멍에
박하 향을 불어 넣고 새근새근 숨길이 곱다
이내 도톰한 몸집이 굳어지고 있다
겨우내 땅 밑 깊숙이 묻어둘
김칫독도 살금살금 제법 모양새를 세웠다
저놈의 가슴팍에 얼마나 불꽃을 튀겨야
세상구경을 할는지

철든 자식 보기보다 힘든 것인가
그래도 그 항아리 속에는
수십 년 지난 겨울날 감홍시도 웃고
그 달콤함을 넣은 할머니 입안도 웃고
도회지 나간 자식 기다리는
노모의 가슴으로 우려낸 조선간장도 웃고
그 웃음 속에는 어머니 인생이 담겨있다
수년을 기다리다 지친 초라한 장독대 위에는
이제 힘없이 앉아 거친 숨을 쉬고 있다
이제 세상 먼지가 숨통을 막는 모양이다

먼 하늘에 꽃별이 되었으면 좋으련만

갓 시집온 색시의 얼굴엔
빨간 홍단풍이 들어 있다
먼 길 걸어온 그 길을
이제야 뒤돌아본다
지난 세월의 흔적처럼
엉금엉금 밤새워 짠
어머니의 얼굴엔
삼베적삼
한 많은 주검 앞에 서서
찬바람이 길바닥에 뒹군다
그러다가도
예고 없이 흔적조차도 없이 사라질 것이다
깊어가는
가을 또한 그렇지 않겠는가
지금이라도
먼 하늘에 핀
꽃별이 되었으면 좋으련만

숨 가쁘게 살아온 세월을
물릴 수도 없는 일이고
가는 세월 어쩌랴
지금이라도
바람재 흔들리는
억새의 꿋꿋함에
희망이라도 품어야지
평생을 옭아맨 사랑도
어쩌랴!
언젠가는 달갑지 않은 전화처럼
평생 몽달처럼 살아온 끈
내려놓아 줘야지

그는 죽지 않았다

-박정둘 시인 추모시-

그의 육신은 떠났다
당신이 남기고 간 삶의 노래는 영원하다
그래서 당신은 죽지 않는다
박정둘 시인은 죽어서도 살아있다
파도 속에 휩싸인 인생일지라도
환하게 핀 팔월의 연꽃 속에
잉태하던 석가의 모습과도 같다
그가 남겨둔 노래
칼날 위에도 꽃을 피우던 노래
하늘이 높다 하지 않고
저 높은 하늘 하얀 구름으로 충을 만들던 노래
살아있음이 무척 힘들면서도 웃음 잃지 않는 노래
암벽 위에 늘어 핀 능소화꽃이 아무리 애틋하다 한들
당신이 남기고 간 노래만 하랴
그대가 남긴 노래 "산막 일기"
천주산 자락에 푸른 솔같이
한 권의 시집 속에 그는 죽지 않는다

영혼으로 살아 있음이다
이미 팔월 열나흘 저문 날 렌즈 줌 속에 그대의 삶을 담아
세상 이들에게 당신의 존재를 알렸다
당신을 천상으로 보내는 날
그 시집을 손에 쥐고 우리는 노래를 부른다
슬픈 노래는커녕 당당한 대한민국 어머니로
선생으로, 누이로, 언니로
천주산 자락에 남겨둔 산막의 추억으로
우리들의 기억 속에 불멸로 남기고 간
위대한 삶의 노래를…

춘삼월 새소리

춘삼월
순매원 매화 향기 따라
토종닭 깃털 올려 살금살금 들려오는 저 소리
원동역
가시덤불에 사는 박새 소리도
아침나절 까치 짖는 소리도 아닙니다
금정산
풀피리 짭조름한 바다 냄새 같은
세상의 귀를 열고
태백산
낙동강 줄기 따라
녹슨 레일을 수없이 달구는 무궁화호가
매화꽃
방울방울 맺힌 이슬처럼
낙동강의 물줄기 은빛 파장으로
원동역
플랫폼을 지나 뒷골목을 지날 때쯤

우물가 아낙들의 입담처럼
들려오는 오카리나 소리가 들립니다
그 소리가
멀리멀리 퍼져
세상의 문을 열어 5월의 청매가
또 당신들을 초대할 것입니다
순매원
늘 보아도 낯설지가 않는
그곳으로 발길이 돌려질 것입니다

인생길 1

가시밭길 같은 사십 육년의 길은 너무도 힘든 삶이었다
넘어지면 일어나고 또 넘어지면 야심 찬 인내로
또다시 일어나는 오뚝이 인생
앞으로 얼마를 걸어야 내 그리움과
사랑과 행복을 찾을 수 있을까?
걸어서 그곳을 닿을 수만 있다면 끝없이 걸어보련만
어디 암흑 속에 묻힌 밤인들 못 걸어가겠는가
지금껏 앞만 보고 걸어 여기까지 왔지 않는가
이런 생각 저런 생각 다 버리고
그저 걷기만 했을 뿐인데 말이다
스쳐 지나가는 인연도 다 소중히 여기며 살아왔건만
그들은 그냥 아무것도 아닌 양 건성으로 지나치고
마치 먼 나라에 간 이방인처럼
고개 떨어뜨리고 있으니 말이다

인생길 2

바람 불면 또 앞을 가리고 산을 만들어
또 오르막길을 만들어 숨 가쁘게 만드는 사람들
하지만 나는 정처 없이 어두운 밤길을 걷기만 하지는 않았다
밤벌레 소리에 고향의 향수에 젖고
잠시나마 밤길 비춰주던 달빛을 보면
올곧은 길을 걸으라고 이르는 아버지의 목소리가 생각나고
갈증 나는 목을 축이려 들린 구멍가게 할머니의
구수한 농담도 잠시
헤어짐이 만남을 의미라고 못을 박지만
이미 헤어져 버리는 현실 그것이 못내 서럽다
양쪽 주머니를 뒤지다 동그란 형체의 동전 하나가
손아귀에 만지작거리다
어느 버스정류장 앞에 세워진 커피 자판기에
인적이 끊어지기 전에 따뜻한 커피라도 한잔
빼서 식어가는 내 육체를 데워본다

인생길 3

자정이 가까워지는 걸 보니 나를 싣고 갈 버스는
이미 끊기고 내가 돌아갈 길은 아득하게 멀다
하지만 이렇게 걸어서 내가 가고자 하는 곳에
닿을 수 있다면 이미 떠나버린 버스를 생각하며
아쉬워하지는 않을 것이다
탄탄하게 단련된 다리가 내 기억 속에 담겨 있는
환상 속으로 가는 길은 그리 힘들진 않을 것이다.
저벅저벅 내 발자국 따라 묻어가는 겨울비가
내 가슴을 두드리며 떨어지는 걸 보면
그래도 내가 가는 길을 동행이라도 할 모양이다.
그래 너라도 동행을 해준다면 이 얼마나 발길이 가벼우랴

산사풍경

환상으로 펼쳐진
대웅전 돌계단 하나하나 디디고 오른다
차오른 숨소리에
귀 세워 바람 잠 깨운 처마 끝 풍경
검은 천으로 덮어버린 날
푸른 천으로 덮어버린 날
천백번 그리워하던 날
틈새로 불러와 흔든 풍경
땡그랑 땡그랑
하루 내내 별일 없이 떠돌아다니다
훌쩍 훔쳐보는
나그네의 빈 가슴으로 살아온 풍경
가슴 짝 할퀴어 놓는다고
눈뜬장님처럼 그렇게
땡그랑 땡그랑 쉬지 않고
오고 가는 사람 발길 잡아
꿈을 주며 마음잡아주소

| 5부 |

해일

평택평야를 바라보며

휘파람을 불며 가는 갈바람은
앙상한 싸리나무 사이로
서릿발을 세우고 혹은 메말라 비틀어진
한낱 거푸집으로 남아 있는
들국화의 대궁위에서
떨어진 주검을 바라본다

참다운 삶의 터전을 찾아 떠나야 하지만
그들이 안착할 곳은 어디 한군데 없다
조상 대대 피붙이 냄새를 두고
기름 철철 흐르는 저 평야를 두고
어디로 간단 말인가.

깊숙이 담은 응어리를 끄집어내는
끝없는 혁명을 담은 언어들
벼 그루터기마저 사라진 평택 평야의 어스름처럼
그저 반감하지 못하고 내 주위를 떠돌고 있다

무엇이 나의 삶이며
무엇이 나의 꿈이며
무엇이 나를 살아 숨 쉬게 한단 말인가

가슴을 치며 원망도 해보고
두 주먹으로 도둑고양이 앞에서
땅을 치는 아우성은 이미 먼데 석양만 바라보고
긴 사색에 빠져 버린다.
이미 세상은 굴욕의 눈으로 덮어 버렸다

-2006년 미군기지 이전 관련 출장 중에-

대추리 자운영 꽃

당신이 행복해하는 모습에
가슴이 답답해 오는 건
화사한 봄날 양탄자처럼 펼쳐진
그리움 때문입니다

긴 세월
기다림에 지친 짧은 행복
자줏빛으로 웃고 있지만
당신을 바라보는 난
전투기 소음으로 이미 귀를 막고 있다

고향 두고 떠밀려 가는
저 농부의 발걸음처럼
추억은 점점 미미해진다

추억은 과거일 뿐이라고 외쳐보지만
모자이크 상자 속에 갇혀버린 자운영꽃 넌

먼 기억 속에 잊힌 사랑처럼
굴착기 소리가 폭력배가 되어
가슴을 파고 있다

철조망 밖 이곳저곳 궁전 속에는
웃음꽃이 피고 굵직한 돈을 세는
투기꾼은 배가 곧 터질 것 같다

-2006년 평택 출장 중에-

저 넓은 평야의 꿈은 사라졌다.

2006년 평택시 팽성읍 대추리
하늘을 맴돌던 까마귀가
점점 귀청 뚫는 *괴음怪音을 내고 있다
**구렁찰 먹던 들과 보금자리는 폐허로 변해
이젠 저 넓은 평야의 꿈마저 사라졌다.
도독 고양이 발톱에 할퀸 들녘
사금파리 땅따먹기 하던 철조망 안에는
피稗 가 무성하여 가슴을 갈라놓는다.
늙은 촌부의 발바닥 갈라지듯 굳은 논에는
뱃속의 남긴 오물조차 비워져
굽은 허리를 펼 수 없는 모양이다.
그 옛날 풍성했던 저녁상도 점점 궁핍하다
안산천 어귀에 앉아 피 토하는 통곡 소리에
이미 싸늘한 주검의 아카시아꽃, 하얀 찔레꽃이
여름 내내 땡볕에 말라붙어
인정사정없는 회오리바람에 휩쓸려
흙먼지 속에 뒹굴다 갈래갈래 찢긴 촌부의 뒷모습
검은 군복 입은 청년의 군홧발이 무겁다

밤낮없이 들려오는 굴착기 소리가
가슴을 찍어 고향 떠나던 날
한가로이 먹이 찍는 검은 왜가리 떼는
자기 속만 채우는데
올 추석 대추리 사람들은
어디에서 조상을 뫼올까

-2006년 9월 13일 평택 출장 중에-

* 괴음怪音:기묘하고 괴이한 소리/*구렁찰-늦게 익은 찰벼

저 넓은 하늘 아래 고달픈 농부

올해는 풍년이란다
작년이나 올해나 농부의 삶은
주인 없는 마구간에 말라가는 누렁이다
올가을에는 가뭄이라지만
햇살 덕분에 농사가 풍작이다
하루하루 길게 뻗은 화전에
저 가을 하늘처럼 높다
생산비보다 보조해 준다는 비용이
농부의 고무신 밑바닥보다 못하니 어쩌랴
자식처럼 키운 저 하늘을 뒤엎을 수밖에
트랙터가 그 푸른 하늘을 갈아엎는다
농부의 가슴을 갈기갈기 찢어 놓는다
울부짖는 농부의 참담한 눈물 속에는
세상 끝에 서 있다
아무 일 없다는 듯
탁상 머리에 잔머리 굴리는 인간
양심도 없는 이는

물을 건너지 못하는
염소 입속에 소금을 털어 넣고
노끈으로 입을 칭칭 동여맨 것이다
이내 화근 냄새가 진동한다
거품을 물다 아스콘 바닥에 내팽개쳐진다
하늘에는 천둥번개라도 칠 기세다
저 넓은 하늘 아래
고달픈 농부는 기척이 없다

청암

해일

겨우내 얼어 붙인 망령들은 바람이
수평선 위를 인정사정없이 밀어붙인다
미쳐버린 파도는 몸집을 부풀려
고개를 쳐들다가 목석이 된 바위를
수없이 부딪치며 신음하다
이내 파도 꽃 피워놓고 숨죽인다
수중 바위틈 아무 일 없다는 듯 움츠린
평화의 꼬리 흔드는 생명을 깨워
그 생존에 봄기운은 오고 잠을 설친다
말간 청옥 같은 물빛 속에
속살 비치는 낯선 여인네는
울렁이는 파도 멀미를 하고 쓰러졌다
지난 매미의 기억이 잊혀지기도 전에
자연의 위엄은 점점 익어가고
타종 소리처럼 가까워질 것이다
해일은 늘 새로운 바람을 원했던 것일까
아니 자신의 고향을 찾기 위한 몸부림일지도

낙동강 석양

저문 날 강변에 가면 침묵이 흐르고 아픔도 흐른다
20대의 눈빛으로 보이는 저 마지막 방어선 낙동강
그때 그 핏빛을 스케치하듯 석양이 붉다
멀어져 가는 저것들을 디카 줌속으로 잡아 당긴다
아버지의 증언이 들려온다
총탄이 귀 달팽이관을 돌 듯 낙동강은 철썩철썩—쏴
웅웅 거린다
학도로 자원 간 큰아버지의 영혼은 아직도 돌아오지 않았다
기다림에 지친 렌즈 뚜껑은 닫히고
어김없이 어둠은 저 석양을 마저 삼켜버린다.
지금에야 큰아버지를 찾아 나선다
DNA검사 팔순 넘은 아버지가
병원으로 발걸음을 재촉하며…

청암

봄은 북진

개화의 폭음으로 북진하고 있다
봄은 사랑과 평화를 위해 수 없는 *폭개로 퍼붓는다
한판 전쟁을 치른 남쪽 땅
낙화 속에 질주하는 차량 행렬
그 화려함의 폭음, 폭향은 또 하나의 생동감으로
아기의 손처럼 꼬물꼬물 세상의 문을 열고 있다
아낙의 손길은 두릅나무 가죽나무 돌나물
하늘로 치솟는 밥상 앞에 군침이 돈다
봄은 지금 한반도의 허리를 지나 쉼 없이 북진을 하고 있다
앞으로! 앞으로! 또 북진!
머리끝 대동강 어귀에 버들피리 음률 들려올 때쯤
이곳 남쪽 땅 아카시아 꽃향기가
또 어떤 꿈으로 키워 갈까?

*폭개:많은 꽃들이 피는 것을 말함[폭향]많은 양의 향기

4월의 청춘

비슬산 기슭
참꽃으로 물들인 젊은 저 청춘
짧은 세월로
탈색되면 어쩌랴
저 굽이치며 가는 유가사 길
혼미해지는 정신마저 놓고
잊어버리면 어쩌랴
아비의 가슴은
메마른 땅 위를 뒹구는 햇살이 되어
묵언으로 피었다가 가는
저 자운영처럼
쌀 한 톨이라도 거두어 놓고
저 붉은 석양 따라
풍성한 아들딸 자랑하며
저곳으로
4월의 청춘 다 보내고
그렇게 가지 않겠는가

박새

혹한 추위 속에 세상을 등지고
썩어 가는 몸뚱어리 위에는
밤새 내린 마음의 설화가 피어 있다

그 위에 슬피 우는 박새가
가슴을 할퀴며 지나간 작년
모질게도 아팠던 가을의 슬픔을 기억한다

이제 그 아픔을 잊고 세상을 바로 보는 것에
날갯죽지 힘을 모아 비상 준비로 분주하다

탱자나무 가시덤불에는
박새가 얼어붙은 새콤달콤한 곶감 같은
낡은 음식으로 넓은 봄을 부르기 위한
마지막 식사를 하며 발톱을 세운다

희망찬 빛의 결심을 한다
저 넓은 가슴에 봄은 올까?

대추리 촌부의 삶

가슴에 담은 불덩이가
내 머리 위를 핥으며 높이 치솟다가
안산천 호수 위에 방황하고 있다
높하늬가 구름장을 내 밀며
서해안 노해 위에
수없이 담금질 중이다
한나절 내내
껄대청 높이며 세운 칼날은
연 녹 모자이크 사랫길을 돌며
휘둘러보지만
대추리 촌부의 쇠기침은
시난고난 하고
아심아심하다.
답답한 가슴을 진정시키기엔
바질 바질한 모양이다

-미군기지 이전 관련 출장 중에-

| 6부 |

출가

칠꽃 1

훌쩍 커버린 누이가
섬등 늪① 창포물에 머리 감고
밤새워 열린 아침 이슬처럼
야무지게 부는 바람결에
온몸을 털며 무당굿을 하고 있다
그곳엔 늦살이② 나간
아버지 무쇠 낫이 점점 무디어지고
아무 말 없이 걸어온
세월 먹는 그 길은
그리 편한 길이 아니었음을…
바짓가랑이 사이로 할퀴는
가시밭길도 걷고
억수 같은 소낙비에
움푹 팬 빗길도 걷고
가을걷이 끝난
텅텅 빈 들길을 수없이 걷다가
솟구쳐 언 서릿발 밟으며

이미 허물어진
헛간 귀퉁이 걸린 번지③가 되어
아직 나이 든 자식 걱정에 밤잠 설친다
열여덟 마지기 나락 포대가
하나하나 비워지고
저 붉은 석양과 함께 걷던 발걸음도
이젠 칡넝쿨처럼 누워
그 화려했던 칡꽃도 시든다

①섬등 늪 : 부곡면 청암리 앞들이 지금은 경지정리가 되어 논으로 벼농사를 경작하고 있지만 옛날에는 우포늪과 같이 낙동강과 이어진 큰 늪으로 형성되어 있었다. 그 늪 속에 섬처럼 떨어져 있는 논이라고 해서 섬 등이라고 불렀다.

②늦사리:늦은 철에 농작물을 거두어들이는 일

③번지: 논밭의 흙을 고르거나 널었던 곡식을 긁어모으는 널빤지

칡꽃 2

산토끼가 잘 다니는 목에 칡넝쿨 동맥이
일찍부터 해밀① 처럼 봄을 불러 놓았다.
길게 뻗은 넝쿨에 자주색 치마가 나풀나풀
시집간 누이처럼 그 넝쿨에 꽃을 피웠다
잊힌 사그랑이② 고향 집 울타리에
칭얼대는 소리가 내 발목을 잡는다
비봉산③ 기슭 오솔길, 느긋한 마음은
아버지 발걸음 따라 점점 빨라진다
주전부리로 부르던 노랫소리가
적송을 뱅그르 감아올린 뒷모습처럼
보랏빛으로 피어 올린 칡꽃 때문일 게다

① 해밀: 비갠 후의 맑은 하늘
② 사그랑이: 다 삭아서 못쓰게 된 물건
③ 비봉산: 경남 창녕군 부곡면 비봉리에서 청암리로 넘어오는 산

오이넝쿨

고향집 앞마당 오이넝쿨 이파리가
한나절 땡볕에 굽고 서야
새벽의 이슬을 맛볼 수 있었다.
점점 찾아주지 않는 자식을 기다리다
누렇게 황달이 되어서야
집 떠난 자식들이 찾아와 어루만진다
손을 짚고 일어설 수 없는 곳에
굳고 척박한 땅을 짚고
흐느낄 수밖에 없는 현실에 가슴만 칠뿐
아직 그곳에는
보이지 않는 곳까지 손 뻗으며
푸른빛을 잃지 않고 있다.
이미 늙어 누렇게 자빠진 자식들
더위에 지친 아버지의 입맛을 돋울
오이 냉국도 예전 같지 않다

삶 1

낙동강 강가를 거슬러 올라가면
나루터가 삐걱삐걱 거린다
강물이 바다를 향해 가야 함에도
산으로 산으로 오르는 저 들길
밀고 밀어 산으로 가던 날
그곳에는 아직도
팔순 넘은 아버지의 발걸음 소리만큼이나
갈대숲도 억새 숲도 푸르고 당당하다
링거줄에 매달린 어머니의 삶 또한 그렇다
저 멀리 가버린 가을 하늘처럼 말이다
늘 그랬다
누렇게 고개 숙인 벼 이삭은 자식 손자 배곯을까
한 톨 한 톨 축담① 위에 노적가리② 쌓고
그렇게 걸어온 발자국 밑에는
오색 코스모스 꽃 길도 만들었다
참새미 밭 늙은 감나무 끝에는
안간힘을 다해 붙든 모습처럼

서산에 버틴 석양 속에는 별일 없다는 듯
모도리[3] 같은 어머니가 환하게 웃고 있다
가마솥 같은 열정도 구수함으로
 다독이던 군고구마 맛도
추억이 담긴 사랑채 아궁이도
앞산 석양의 눈치만 보던 산 그림자가 되어
점점 그 불길을 깊게 덮어 버린 지금
넓은 벼 그루터기 사이로 찬바람이 서릿발을 세우고
어정쩡한 겨울 날씨 같은 세월은
흙먼지와 함께 휭하니 가버린다
참 세월이 빠르기도 하지

①축담: 경상도 방언으로 대청과 마당사이 마당보다 조금 높게 올려놓은 것을 말함
②노적가리: 수북이 쌓아 둔 곡식 더미
③모도리: 조금도 빈틈없는 아주 야무진 사람

함안 입곡 풍경

길게 뻗은 너의 모습은 점점 야위어 가고 있었다
오고 갈 때 없는 오리 떼가
점점 멀어져 가는 시간을 다투듯
수륙양육 군의 전투장처럼 애간장을 태우는 저 풍경
내 시야에는 황무지 같다.
지난여름 풍성했던 이 자리에
무슨 일이 있었을까
우주의 열기가 화장장에 타다 남은 잿더미가
흙으로 돌아가기도 전에
가던 길을 가지도
다시 돌아오지도 못하는 문둥이가 되어
지나가는 나그네의 발길을 잡는다
그 밑에는
가을날 핏빛으로 물들였던 단풍잎
엉금엉금 뼈만 남아 흐느껴 우는 저 혼령들
앓는 소리마저 그치면
설키고 얽힌 마음을 녹여

봄의 화신처럼 꽃을 피워
멈추지 않고 걸어온 저것들의 꿈이라도 꿀 수 있을까
내 굳은 손과
내 시려 오는 발과
내 얼어붙은 가슴과
내 충혈된 눈동자가
하루도 빠짐없이 가꿔온 텃밭에
뜨거운 눈물로 막힌 코를 뚫을 꽃의 향기로
식었던 사랑의 열매 맺을 수 있을지
한 치 앞을 못 볼 세상이다.
점점 혈관이 막혀 가는 겨울밤
뇌졸중으로 쓰러진 저것들
내년 봄을 맞이할 수 있을지 내내 걱정이 앞선다.
그렇게 불편한 몸으로 선뜻 아랫목을 내어주는
인정 많은 입곡 저수지가
내 몸집을 산 넘어 날아온 바람을 불러
또 한 번 세상 보는 방법을 새삼 일깨워 준다

지리산과 섬진강 그리고 하동

여름 한나절 땡볕에 굽고선 원추리가
노고단, 반야봉, 촛대봉, 토끼봉에 앉아
짙은 운해를 걷어내고 있다.
지리산 등줄기를 타고
가을걷이 한창인 토지를 밟으며
섬진강이 흐르는 하동으로 가보자
피비린내 나는 지난가을 풍경처럼
듬성듬성 계곡을 바라보고 있는 저곳
이미 먼 기억 속에 잊힌
젊은 혈이 솟는 평사리 맑은 샘물에
타는 목축이며
가을의 붉은 깃을 뽑자

차곡차곡 쌓인 듯 이룬 문학도가
또 하나의 획을 긋고 있는 그곳에 가면
하동의 열정과
평사리 꿈과

악양의 미래와
고개 숙인 벼 이삭 같은 믿음과 진실
멈추지 않는 섬진강 강줄기의 힘
누구도 감당치 못하는 그곳
지리산이여
하동이여
평사리여
죽은 영혼들이여
땅 기운 한껏 빨던 누런 악양 들판이여
전국에 모여든 문인들이여

섬진강 물줄기와 지리산이
넓은 바다와 하나가 되어
깊은 사랑에 빠질 때까지
가슴으로 가자
탱탱한 대봉 홍시가 농해 내리기 전에

첫눈 내리는 새벽

새벽 눈부심으로 아침을 깨우는 것은
밤새 내린 첫눈으로
검게 타버린 긴 세월을
순백의 도화지로 덮어버리고 싶은
세상 사람들의 마음입니다

깊어가는 겨울날
얼어붙은 내 마음을 여기에 묻혀
가슴으로 느껴오는
온기를 맛보게 하고 기다림의 소중함도
있다는 것을 알게 합니다

참솔 위에 쌓인 눈덩이가
겨울나기를 잡는
흙먼지 속에 깔린
낙엽의 슬픈 사연이 애틋하여
이 겨울이 가고 봄날이 오거들랑
여인네 가슴팍에 피어오르는
애정의 꽃송이와 사랑에 빠져보라 합니다

뽀얀 엄마 젖무덤에 잠들어 버린
아기의 평화로운 얼굴 속에
온통 눈송이로 채워버린 그곳에 묻혀
내 영혼으로 갇혀 버린
작은 새의 추억이
늘 머물러 있는 마음 하나
긴 시간을 아쉬워하며 묻힙니다

첫차는 나를 버리고 떠났다

아침 첫차는 나를 버리고 떠났다
대합실에는 낯선 얼굴들만 보인다
각자 필요의 세상을 살기 위해 표를 끊고
가끔은 한숨과 혼자 웃기도 한다
가끔은 혼자 중얼중얼 주문을 외우기도
가끔은 휴대전화를 귀에다 대고
한참 동안 말을 걸고 말을 받아먹는다
그리고는 끊었다
못다 한 이야기가 있는지 다시 벨이 울린다
휴대전화 문자는 아침 식사 대신 씹는다
까칠까칠한 혓바닥 때문인지
문자로 무엇인가 할 말을 보내고 있다
표정을 보아하니 가족들과 다툼을 하고 나온 모양이다
목에는 굴비를 주렁주렁 달고 나온 여인도 있다
그건 누구에게 보여주기 위한 아름다움이라고 표현한다
무작정 대구행 버스를 타고 내려간다
대구 서부 시외버스 터미널에 도착
양산으로 가려는 차표를 끊기 위해 대합실로 갔지만

그쪽으로 가는 노선 차가 없다
가는 방법은 다른 도시로 거쳐
양산행 버스를 갈아타고 가야 하거나
열차를 타고 물금역에 내려야 한다는 것이다
세월을 잠시나마 지체할 수 있는 여유
기찻길 옆 가을 풍경을 내 눈에 가득 담아
느릿느릿 덜커덩덜커덩 무궁화호 급한 놈을 양보하고
또 더 급한 놈을 또 양보하고
세상 사람들이 이렇게 살았으면
다툼도 욕심도 모두 잊고 첫차를 탈 수 있었을 텐데
물금역에는 가끔 낙동강 강바람 따라 반갑게 마중 나온
여인에게 달려가 안아주듯 따뜻한 온기도 눈에 보인다
세월은 저 정기운행 차와 기차와 같이 지체하지도 않고
기다려 주지도 않는다
세월은 인정사정도 없는 것일까
첫차는 하루를 시작하는 선두주자이다
꼭 가야 할 길만 가는 것이다.
첫차는 아무 내색 않고 그곳으로 다시 가고 있다.

광암 앞바다의 저린 삶

광암 앞바다 해안을 돌아서면
출렁이는 먹장구름은 유람선 돛폭처럼
하늘을 등에 업고
길 밝히는 두 등대가 방향 잃은
나를 얼싸안고 반긴다
평생 업 인양 살아온 어촌 아낙
보이지 않는 포기 섬을 하나하나 지나오며
긴 세월 고통처럼 돌아온
갯내음 절고 절은 걸음걸음
예순 해를 훌쩍 키워온 당신의 꿈
당신은 바다의 어머니!
좁혀진 그물 구멍 사이로 비치는
하늘 밭에 뿌려진 별빛도 건어 올릴 것 같은
당신의 젊은 꿈들은
아직 밀물 따라 찾아온 숭어 떼처럼
펄펄 뛰고 있는데
야윈 몸에 굽은 허리
백발이 되어버린 세월만큼
당신의 꿈이 이뤄졌으면…

풍란 목부작

한 생을 마친 적송은 천년의 꿈을 꾸고서야 밑둥치가 썩어
빠진 환골로 서 있다 지나는 나그네는 그곳을 멈춰 서서
장인의 손길은 백골 같은 뼛조각을 정교하게 다듬어
그곳에 부활의 풍란을 위해 수술대 위에 올려 놓았다
콩 난은 살이 되고 풍란은 유혹의 향기가 되어 아담한
분경 속에 청옥 같은 혼을 담는다 천해의 거제 앞바다 칼
날처럼 솟은 바위틈을 비집고 해풍과 살을 맞대며 흘러흘러
찾아온 이곳 정붙이기란 참 낯설다
어느덧 화려한 풍란 잎사귀는 나그네의 정교한 손놀림으로
정화수 놓고 머리 올려 천년 사랑이 시작되어 아기자기한
신혼살림 차려놓았다. 베란다 투명유리 틈을 비집고 들어온
고온 다습 바람 따라 보이지 않는 양분을 수없이 빨며
온몸을 감싸는 여름 한나절 열기로 풍란 꽃향기로 피어올라
새 생명을 탄생시켰다 그렇게 살아온 세월은 뼈마디마다
골수가 되고 굵직한 너의 뿌리는 혈관이 되어 하나가 된
사랑으로 장인정신이 불타는 목부작

출가

모든 것을 버리고 다람쥐같이 출가했다
오봉산 기슭 산짐승이 우는 골짝
82년 치악산 눈바람 같은 푸른 숲 가로질러
30년이 지난 강원도 아홉 살이 고개 같은 길을 오른다
피난 간 빈집처럼 곳곳에 찢어진 군화가
여기저기 흩어져 최루탄 가스통이 나를 막는다
그런데 이상하다
험악했던 그곳에 풍경소리가 들려온다
20년 만에 오는 곳인데
낯익은 다람쥐가 마중 나와 무조건 나를 반긴다
원수지간에도 세월이 지나면 잊히는 걸까
산짐승이 날뛰는 곳에도
일출이 보이고 석양이 보이는데
구름은 바람을 탓하고
바람은 구름을 탓하고
밝은 곳이라고 꼬드겨 놓고
감당 못하는 자신을 탓하고
엉겅퀴 꽃망울은

가슴 깊이 묻어둔 앙금을 탓하고
한참 동안 다툼이 끝나고서야
소낙비가 내리는 여름 향기를 뿜어내더군
양산 어물전에 가보고 싶어도
곡기 없는 고래장高麗葬① 당한 노파의 거처도
문풍지 너덜거리는 세상 피해 온
밤꽃 향은 이미 밀기울②에 취해
형식적인 흔들림처럼 이유조차 없다
첩첩이 쌓은 병풍 같은 산들도
먹다가 남은 누룽지를 길에 뿌려
산짐승 부르고 있는 산 여인의 모습
그곳을 바라보는 눈동자
온몸이 피투성이가 된 시인이 되어
산 짐승들과 한뎃잠을 자청하더군
잠시 출가한 것 같지 않는…

① 고래장高麗葬:'가매장하다'의 충북 방언
② 밀기울:밀을 빻아 가루를 내어 체로 치고 남은 찌꺼기 밀주를 만들어 짜고 남은 것

낙동강 비리 끝에 산 까치

낙동강 비리 끝에 매달린 산 까치 한마리
얼마나 가슴이 아팠던지
인정머리 없이 바짝 마른 새벽
청솔가지 사이로 눈부신 마음은
겨우 아침이슬 받아먹는 아침요기도
먼 산 아침 햇살로 재촉할 때 쯤
먼지 묻은 무청이 계절도 잊은 채
수년을 고향집 헛간에 걸려 있다
얼마나 배가 고팠던지
무작정 기다리고 있을
저 미련한 호밋 자루는 언제 일을 나갈는지
이제 참산 임해진에 가면
장배도 뱃머리 횟집도
늙은 청년의 발길이 잦던 다방도 없는 저곳에
저놈의 마음 깊이는 어찌하면 알 수 있을까?
낙동강 물에 어림잡아 눈 자질만 하고 있다
지난 어깻죽지에 매달린

직 벽을 피해 두리뭉실한 바위틈으로
함석으로 만든 쪽배를 타고
누에 실 빼듯 다가가
아버지 등줄기 위로 가물치 꼬리치듯
산 까치 목이 쉴 때 쯤
파드닥 파드닥
멀리 보이지 않는 눈을 자꾸
나이 탓만 하고 있다.

| 7부 |

농암 바위

01 | 주남 저수지 풍경 1

02 | 주남 저수지 풍경 2

03 | 아버지의 봄

04 | 장송 사이로 부는 바람

05 | 모텔에 핀 양귀비

06 | 유가사 가는 길

07 | 평택 평야를 바라보며

08 | 저 멀리 언 가슴을 녹이며 봄은 온다

09 | 원동역에 가면

10 | 농암 바위

11 | 날개 달린 어촌 아낙

주남저수지 겨울풍경 1

고향 다녀오는 길에 주남저수지 얼음 조각문을 두드렸다
인기척이 없다
다다른 길목 어딘가 굵직한 목소리로
나를 부르는 고니의 소리가 들리지 않는가
그 화려했던 연꽃밭 폐허의 잔해 속에
부리로 찍는 삶의 현장 이었다
하루해가 저물어 논둑아래
농부의 발자국에 밟힌 땅거미가
저 멀리 호반에 깔린 얼음 조각 위로
겨울 철새들의 날갯죽지 품속으로 숨었다.
가끔 왕 버들 넉넉한 마음이
날카로운 얼음조각을 녹이기라도 하듯
여러 갈래로 펼쳐진 길을 따라
종종 만나는 사람을 멈춰 세우고
억새는 겁 많은 황새를 살짝 가려준다
저 멀리 촌 가 굴뚝 연기가
스멀스멀 평화를 부르는 밤이 온다

주남저수지 겨울풍경 2

주남저수지에 가면
그들만의 도시를 형성하고
그들만의 법도에 따르는 세상이 있다
또 그들만의 사랑도 나눈다
첫날밤 치르는 철새들의 보금자리
여기저기 억새 문살에 구멍이 뚫어져 있다
가끔 격동적인 사랑을 나눌 때쯤
캠코더 줌은 수없이 당겼다 밀었다
처녀막 조리개가 오르가슴을 느낄 때 쯤
지나가는 바람 따라 인기척이라도 불러오면
경계병 신호탄이 하늘로 솟고
저 높은 하늘로 비상한다
당당하게 서 있는 고니는
좀처럼 속내를 보이지 않는 것이
그들만의 약속일 것이다
주남저수지 또한 그들만이 누리는
최고의 보금자리이기 때문일 게다

아버지의 봄

저 봄볕에 그을린
아지랑이 속에 아른거리는
그리운 얼굴이 보인다

파릇파릇 올망졸망
수박 꽃피우던 참 샘이 밭에 가면
송골송골 맑은 땀방울이 흐르는
숨죽이고 산 삶의 흔적이 보인다

올곧은 세상을 빚어낸
어매의 손길 같은 흙 속을 비집고
여기저기 피어오르는 도라지꽃이
아버지 뜨거운 손길을 잡는다

그때 그날처럼 물통을 메고
우주를 휘감을 것 같은 기대감도
다래나무 물관 수가 베푸는

생명수 같은 봄을 찾아 산으로 가신다

그곳에 흐르는 수액 같은 봄
이승과 저승 그 벽을 허물고
변하지 않는 그 정성과 허물로
어매 무덤가 들꽃을 피우고 계신다

그건 아버지가 늘 기다리던
변함없는 봄인 것이다

장송 사이로 부는 바람

와룡산 동남쪽 기슭에 자리 잡은
적멸보궁寂滅寶宮 다솔사에
한용운 선생의 법문이 대양루 먼지 속에
화산 폭발하듯 내몰아 속 뒤집어
세상사 오물을 다 토해 내게 한다

묵언으로 엉금엉금 기어오르던
삼나무는 속세를 떠나 출가한지 수년이 지났다
아직 수행의 길이 아직 끝나지 않았는지
나라 잃은 그대의 대창 같은 절규는
어금혈봉표御禁穴封表음각이 되어
금줄을 걷지 못했다

수없이 울렁거리는 세상
수천 년을 버티고 있던 저 고목도
한때는 세상을 바로 보고
현세現世를 구하려 국혼國魂 을 굳건히 하여

호랑이 굴에서도 굴하지 않았을 것이다

어찌 장송 사이로 부는 바람조차
사람을 잃고, 역사를 천대하는지
내 가슴이 답답할 노릇이다.
쓰러졌다 또 일어나는 펄펄 끓는 육신
그 속에 저 솔향과 억새 바람을 탄 차 한 잔이
지난 속세를 깔끔히 씻을 수 있을지

모텔에 핀 양귀비

화려한 양귀비꽃이 도심 속에도, 산속에도,
띄엄띄엄 또는 촘촘히 피어 있다
향기는 별로 없는 것 같은데
달맞이꽃은 달빛이 오르는 밤이 되어야
노란 비단 같은 몸매를 양파 껍질처럼 벗어 던지고
흩어진 남정네의 끝없는 사랑을 담은 것이
우리들의 사랑이다
그러나 중독된 사랑 난해한 사랑
저 양귀비꽃이 모텔 속으로 드나들면서
그 꽃은 점점 약기가 오른다
밤도 낮도 없는 시시 때때다
그것은 양귀비의 본능이다
모텔로 유인하는 씨방은
한 겹 두 겹 속옷을 벗어 던지고
황홀한 몸짓과 거친 숨소리
뜨거워진 몸을 칼날로 찢기 시작한다
점점 화구가 커지고 화려한 꽃잎은 떨어진다

이미 흥분된 늪 속에는
까맣게 익어가는 씨앗을 잊어버린다
점점 팽창되어 오던 그것은 폭음과 함께
오르가슴에 도달하고
견디다 못한 백색 액이 바깥으로 분출한다
이내 검은 그림자로 세상을 덮어버리고
중독에 빠진 육체는 골수가 빠진 허수아비 같은
달맞이꽃을 잊어버린 채 모텔 안에서 죽음을 맞이한다
이내 세상 눈총이 신문 지상으로 흘러
옛 빨래터까지 소문이 나고
산속에 핀 저 양귀비 또한 그러하지 않겠는가
수치는 이미 저세상에 보낸 후에 느낀다

유가사 가는 길

두릅나무, 가죽나무, 돈 나물
홑잎까지 따서
노모는
유가사 가는 길에 앉아있다.
굽은 등줄기 잔걱정들이 매달려
집 지키는 영감쟁이 쌈지에 소줏값 담뱃값은 채워졌을까
한뎃잠 자는 자슥들
따신 국밥으로 속이라도 데웠을까
하늘가에 떠도는 노모의 점심 밥자리는
쓴 침만 돌뿐 영 입맛이 나질 않는다.
비슬산 참꽃들
대견사 돌층계에 매달려
산 오르는 이들
사정없이 눈멀게 하지만
늙은 어미의 자식들은
어미의 가슴을 이미 고려장 해놓았다

*본 시는 충남보령 개화공원에 시비로 건립되었다.

평택평야를 바라보며

앙상한 싸리나무 사이로
휘파람 불며 가는 갈바람은 서릿발을 세우고
혹은 메말라 비틀어진 한낮 거푸집만 남아 있는
들국화의 대궁 위에서 떨어진 주검을 바라보며
참다운 삶의 터전을 찾아 떠나가야 하지만
그곳에 안착하기 전에 세상은 하얀 눈으로 덮어
깊숙이 담은 응어리를 끄집어내는 끝없이 혁명의 언어들
벼 그루터기마저 사라진 평택 평야의 어스름처럼
그저 반감하지 못하고 내 주위를 떠돌고 있는 영혼
무엇이 삶이며
무엇이 꿈이며
또 무엇으로 우리 인간을 살아 숨 쉬게 한단 말인가
가슴 치며 원망도 해보고
도둑고양이 앞에서
두 주먹으로 땅을 치는 아우성도 쳐보고 했지만
이제 먼 길 떠나는 석양처럼
긴 사색에 빠져 버린 타인처럼
결국 땅속에 묻혀버린 불씨가 되어 버렸다

저 멀리 언 가슴을 녹이며 봄은 온다

새벽을 깨우는 암탉 울음소리 대신
자명종 소리에 깨어나야 하는 현실
바위틈 사이로 비집는 역고드름처럼
먼 추억 속에 그리움만 스미는 지금

꾸역꾸역 치솟는 붉은 덩어리가
뚫어보는 당신의 열기로 가슴으로 토하고
겨우내 담아 놓았던 지하의 화롯불
당신의 언 가슴을 녹여 알지 못한 세상을 열어

누구도 닿지 않은 고집스러운 봄바람이
어김없이 찾아올 손길은 옛사랑처럼
갓 알을 깨고 태어나는 햇병아리가 되어
가녀린 손끝마저 떨고 있는 한정된 공간

그 속에 피어오르는 긴 밤새운 복수초가
밤새도록 재잘거리든 은하수마저

걷어 내버리는 마음 가벼운 사랑에
겨우내 묵은눈마저 녹아내린다

질펀해진 땅 기운 따라 흐르는 들녘만큼
넓은 가슴을 가진 이른 목련이
갈피마다 머문 꿀처럼 달콤한 사랑이 되어
저 멀리 언 가슴을 녹이며 봄은 온다

원동역에 가면

원동역 지나가는 열차가 멈칫멈칫 레일에 불꽃만 튀기다
그만 지나가고 맙니다 때아닌 꽃비가 폭설로 내리고
지천으로 그 눈발처럼 날리던 봄바람 때문인가요
매화 향 지천으로 매달고 줄달음치는 소리만 들어도
순매원 주인장은 안다
올해는 주인장 머리칼에 매화꽃이 피었다
저 화물열차가 짐을 많이 실었던 탓에
몹시 고단한 소리가 들린다
가끔 지나가는 KTX 열차는 눈길도 한번 주지 않고 획 지
나가 버린다 몹시 바쁜 모양이다
그래도 시골 할머니 품 같은 무궁화 열차가
원동역에 내려 세상 사는 맛을 보고 간다
하얗게 핀 머리칼 같은 매화도 주인장 인심처럼 향기뿐입
니다. 가끔은 여인네를 그리워하는 홍매화가 피었어요
눈발이 훨훨 날리는 봄에도 그는 귀한 집 딸처럼 얼굴은
화사합니다. 팔도에서 모인 뭇사람들
오늘도 원동역에 내려 하이얀 꽃비가 내리던 날

꽃술 속에 사랑을 나눈다
청매가 열린다
청매화 나
백매화 나
홍매화 나
꽃이 지면 이미 꽃은 꽃이 아니다
아낙네가 되어 청매가 주렁주렁 하다
그때는 꽃이 아닌 똑같은 아낙네가 됩니다
자식을 기다리는 그들의 마음도 멈칫멈칫 6월의 매실 밭
에 갑니다. 올망졸망 그렇게 자식 자랑도 하면서

농암바위

새벽을 걷어내는 아침 햇살 같은 아랑의 표정이
남천 강 맑은 물에 떠있는 태양이었던가
수년을 마디마디 담아 놓은 청죽의 마음
하늘을 향해 터질 것 같은 몸짓
한나절 내내 우는 박새가 저 멀리 날아가
서산에 걸터앉아 눈이 빠져라. 물속으로 빠져드는데
황금 불빛에 타다가 흑장미로 피어 올린
석화가 되어 버린다.
저 멀리 사통팔달四通八達로 오가는 밀양역 레일은
너의 속사정을 아는지 모르는지 가슴 달구며
그침 없이 달리는 기적 소리가 들려온다
고향 지키는 남천 강 귀퉁이 저 샘물은 쉼 없이 솟아
강둑길 걷는 나그네의 타는목 축여 주는데
몸부림치는 은어 떼가 나를 보듬고
멈추지 않는 힘찬 날갯짓하며 포드닥포드닥
농암바위 올라서서 승무僧舞춤을 춘다
이미 너의 모습은 희미하게 불어오는 봄바람에

저 남쪽 하늘 먹구름이 비를 불러 놓고
꾸짖으며 봄을 재촉한다
청룡이 남천 강 물속에서 용솟음치는 것처럼
천년을 세운 비늘 뚝뚝 떨어뜨리며
바람에 날아갈 듯 가벼웠던 발걸음 잠시 멈춰
서산에 지는 낙양을 덥석 쥐어 보다가
내이동 시가지 풍경을 네온으로 뒤덮어 은하수 만들어 놓는다
그 위를 질주하는 길게 늘어진 승용차 불빛은
헐떡이며 돌아오는 발길 같은 내 마음 싣고
저 멀리 흉년 콩처럼 반쪽이 된 달을 따라
너의 영혼이 살아온 것처럼 청죽의 이파리는 온몸 뒤흔들며
아랑의 슬픈 울음소리가 귓전에 들리는 듯
영남루 가로등 불빛이 나를 붙잡고
저 멀리 개 짖는 소리가 목쉬도록 내 가슴 찢어 놓는다

날개달린 어촌 아낙

젊은 아낙의 삶에
불어닥친 검푸른 바닷바람은
풋내 나는 고추같이
자식 웃음소리가 들려오고
가끔은 빛나는 솔바람으로 빗질 소리도 들린다
삶의 흔적을 밤새 내린 이슬로 채운 바닷물에
조각달 띄운 것처럼
당신의 몸에 은빛 깃털 달고
시린 손끝으로 스미는 바람에 시달릴 때쯤
세월 속에 묻어 놓은 머언 고향 이야기가
석양 따라 익어간다.
빠른 걸음걸이로 해안을 돌아
토담 쌓아 지은 오두막 한켠에 들어서면
추억은 촛농같이 녹아내리고
꿈속에 빠진 칠흑 같은 어둠
모두 지워 버리는 단잠을 잘 때쯤
해안을 보듬고 밤새우는 삶을

푸른 바닷물에 절인
볼그레한 꽃잎으로 물들인 단아한
그 모습은
촘촘한 그물로 별빛을 걷어 올리는
어촌 아낙의 그 자태더라

| 8부 |

이슬속에 바라본 세상

| 배성근 시집 서평 |

- 트라우마 Trauma, 일상의 치유와 사건수첩-

(시인·소설가·문학평론가)예박시원

| 배성근 시집『이슬 속에 바라본 세상』평설 |

트라우마 Trauma, 일상의 치유와 사건수첩

(시인 · 소설가 · 문학평론가)예박시원

-들어가며-

우리 사회에는 이런저런 아픔을 가지고 살아가는 사람들이 많이 있다. 살아가는 동안 엄청난 충격이나 이별의 상처, 불안한 고통과 억압이 있을 수 있다. 일일이 사례를 들지 않아도 생활 주변에는 마음이 아픈 사람들이 많이 있을 수 있다. 장애는 불편할 뿐이지 이상한 것은 아니다. 특히 마음에 장애가 있다는 것은 그만큼 상처가 많다는 것이기도 하다.

수많은 직업인들 중에서 일반인 보다 그 심리적 트라우마 trauma가 많은 직업 계층이 군인, 경찰관, 소방관, 정보 수사기관 종사자, 교도관, 의사, 간호사, 장례지도사, 3D산업현장 근로자, 서비스업 종사원 등 특수 직렬에 해당하는 사람들이다.

벽난로에 불은 지펴져 있지만, 굴뚝이 막혀있다면 불은 꺼지지 않고 계속 타면서 온 집안을 연기로 가득 메우고 결국 창문을 통해서 새 나가게 된다. 육체적인 병적 증상은 잘못된 나오는 감정적 에너지일 뿐이다. 결국 의식의 창이 닫혀있을 때 무의식의 통로를 통해 출구를 찾게 되지만, 통로의 문이 반쯤 열려 있느냐 또는 굳게 닫혀있느냐에 따라 육체적 증상의 경중輕重이 나타나게 된다는 것이다.

어둠이 무서운 생각을 만든다는 건 의식과 무의식의 관계를 잘못 이해한 판단이다. 도끼로 나무를 기 자르듯 외상이 정신을 둘로 나누지는 않는다. 사건의 억만 의식으로부터 분리되는 것을 유발한다. 무의식의 기억이 외적 증상을 만들어내는 건 무의식이 감정으로 쌓여 있기 때문이다. 의식을 통해 자연스러운 통로를 찾지 못한 감정 때문이다.

슬픔을 겪게 되면 눈물을 흘리게 되고 분노를 느낄 땐 주먹이 올라가고 겁나면 도망을 가듯 내부에서 일어나는 감정은 육체적 행동으로 해소가 된다. 하지만, 감정이 억제된다면 행동 패턴이 다른 양상으로 전개가 된다.

시인의 직업은 경찰관이다. 전투 경험이 있는 군인이나 경찰관, 소방관들에겐 심리치료를 주기적으로 받아야만 할 정도로 직업 스트레스가 극심하다. 그러나 대단히 안타깝게도 그들에겐 일상에서 시간이라는 여유가 많지 않다. 물론 일을 해서 생존해야 하는 모든 직업인도 마찬가지다.

경찰관, 그들에겐 일상 자체가 전쟁에 참전한 군인이나 마찬가지로 엄청난 전투 트라우마 trauma가 따라다닌다.

가정이나 개인만의 시간으로 돌아와도 그렇게 편안함이 주어지지 않는다.

경찰관들이 많이 겪고 있는 심리적 장애가 외상 후 스트레스 장애PTSD 와 분노 조절장애, 울화병, 공황증 같은 증세가 많다고 한다. 모두가 참혹하고 끔찍한 사건사고를 온몸으로 겪으며 시신 수습이나 수사를 하는 중에 본인 또는 동료들이 죽고 다치는 일이 다반사로 있으니 일신이 편안할 수는 없을 것이다.

범죄자들도 이런저런 사연이 많을 수밖에 없을 것이다. 죄는 미워해도 사람은 미워하지 말라는 말도 있듯이 경찰관 그들에게도 인간적인 고뇌가 늘 따라다니고, 힘든 일상 끝엔 지쳐 번 아웃 증후군 burnout syndrome에 빠질 수도 있다.

시인 그에겐 바쁜 일상에서 벗어나 심리치료센터에서 심리치료를 받을 시간적 여유가 많지 않다. 다만 그에겐 시간을 쪼개어 다니는 사진 작업이나 문학 시 창작을 통해 스스로 위무慰撫하며 심리치료를 해나가는 과정이 트라우마의 그림자를 애써 떨쳐내는 하나의 과정이다. 그에겐 시작詩作 수첩은 일상의 기록이자 또 하나의 사건 수첩인 것이다.

그의 시선은 늘 고향 마을에 두고 있는 낙동강이다. 창녕 소벌과 들판의 논과 밭 곁에 핀 들꽃, 철새의 모습들이 늘 눈에 선하다. 출장지의 낯선 곳에서 보는 농민들의 모습에서 고향 마을의 부모님과 이웃 노인들을 떠올리고 있다.

늘 직업인 경찰관 신분과 현실에서의 그들의 삶의 모습에서 인간적인 고뇌와 따뜻한 그의 시선을 느낄 수가 있다.

이제 또다시 상재하는 배성근 시인의 두 번째 시집 〈이슬 속에 바라본 세상〉은 그의 자전적 대하 장편 소설을 축약한 것이라고 할 수 있다. 숨 가쁜 일상에서 벗어나 시 창작과 사진 작업을 통해 늘 그는 또 다른 세계를 꿈꾸며 살아왔다. 그가 늘 꿈꾸는 세상은 결코 강 건너 저편에 있지 않았다. 그곳은 바로 우리 곁에 있는 자연과 따뜻한 인간애가 있는 가족과 이웃들이다.

그가 늘 평범함을 애절하게 바라보는 건 찬바람 맞으며 어두운 밤과 새벽에 그곳을 늘 그리워하며 평범한 일상에서 평범하지 않은 세월을 보내온 탓이기도 하다. 이제 곧 그들 곁으로 갈 시간이 다가오고 있는 시점에 그의 축약된 한 편의 드라마인 〈이슬 속에 바라본 세상〉에 함께 들어가 본다.

“

화려한 양귀비꽃이 도심 속에도, 산속에도,
띄엄띄엄 또는 촘촘히 피어 있다
향기는 별로 없는 것 같은데
달맞이꽃은 달빛이 오르는 밤이 되어야
노란 비단 같은 몸매를 양파 껍질처럼 벗어 던지고
흩어진 남정네의 끝없는 사랑을 담은 것이
우리들의 사랑이다

그러나 중독된 사랑, 난해한 사랑,
저 양귀비꽃이 모텔 속으로 드나들면서
그 꽃은 점점 약기가 오른다
밤도 낮도 없는 시시 때때다
그것은 양귀비의 본능이다
모텔로 유인하는 씨방은
한 겹 두 겹 속옷을 벗어 던지고
황홀한 몸짓과 거친 숨소리
뜨거워진 몸을 칼날로 찢기 시작한다
점점 화구가 커지고 화려한 꽃잎은 떨어진다.
이미 흥분된 늪 속에는
까맣게 익어가는 씨앗을 잊어버린다
점점 팽창되어 오던 그것은 폭음과 함께
오르가즘에 도달하고
견디다 못한 백색 액이 바깥으로 분출한다
이내 검은 그림자로 세상을 덮어버리고
중독에 빠진 육체는 골수가 빠진 허수아비 같은
달맞이꽃을 잊어버린 채 모텔 안에서 죽음을 맞이한다
이내 세상 눈총이 신문지상으로 흘러
옛 빨래터까지 소문이 나고
산속에 핀 저 양귀비 또한 그러하지 않겠는가
수치는 이미 저세상에 보낸 후에 느낀다

-〈모텔에 핀 양귀비〉전문

”

인간은 포유동물로서 원초적인 에로스Eros와 리비도Libido의 본능을 가지고 있다. 보상을 원하거나 흥미를 기대하는 호기심을 소유하고 살아가는 동물이라고 할 수 있다.

시인의 '모텔에 핀 양귀비'는 오랜 직업의식에서 나온 체험을 외재화外在化 하고 외부의 정보를 내재화內在化시켜 주관적인 상상력과 현실사회를 풍자화 시킨 심리 표상의 작품이다.

'모텔에 핀 양귀비'는 인간이 지닌 모성적 유대와 유아 애착이 지배하는 복잡한 신경 체계를 '양귀비'라는 매개체를 통해 분노와 공격성으로 분출하는 과정을 적나라하게 드러내고 있다.

인간은 누구나 두려움을 지니고 있다. 그 두려움이나 불안은 불편함을 초래하고 결국에 도주하는 도피처를 찾게 될 수밖에 없다. 공황panic에 빠진 상태에서는 심리적인 안정을 취해야 하지만, 거칠고 격렬한 과정에 이르도록 인간의 마음이 움직일 수밖에 없는 것이 본능의 작용이다.

삶이 무기력하거나 절망적이거나 받아들이기 어려운 여러 가지 체험들 속에서 '삶의 추동'과 '죽음의 추동'간의 갈등과 투쟁 속에서 승리하며 삶 자체가 평화로운 사람도 있겠지만 패배한 자는 결국 도피처를 찾게 된다.

시인은 작품에서 급작스럽고 강렬한 형태의 외상불안traumatic anxiety을 모텔이라는 도피처로 표현하였고, 그 안에서 일어날 모든 행위의 신호불안signal anxiety은 결국 '양귀비'로 연결되었고 현장의 처참함과 안타까움을 표출해내고 있다.

인간의 사랑은 에로스 Eros든 리비도Libido든 황홀한 몸짓과 거친 숨소리로 격렬함과 편안함을 추구하며 점점 중독될 수밖에 없는 것이 현실이다. 그 중독의 유혹은 누구에게나 찾아올 수 있으며 그 경계에서 늘 갈등하는 것이 인간의 본성이다.

양귀비꽃이 모텔을 드나들면서 중독이 되고 난해한 사랑을 하게 되는 과정을 통해 까맣게 익어가는 씨앗처럼, 그 무엇을 잊고 싶어 도피처를 찾게 되는 현실 앞에 배 시인은 망연자실 하였고, 그 죽음을 통해 한 사람의 인간으로서 트라우마trauma를 겪을 수밖에 없는 현실의 직업인이다.

모든 인간의 갈등이 삶의 추동과 죽음의 추동 간에 격렬한 투쟁을 할 수밖에 없으나 한 죽음을 통해 겪게 되는 그의 상처는 스스로 자아를 잃어버리지 않게 단단히 결박시키며 '시'라는 매개체로 '사건일지'를 쓰며 그 또한 뜨거운 격렬함과 냉정의 조절을 통해 생존의 투쟁을 하고 있는 것이다.

따로 시간을 내어 임상 심리치료를 받아야 하는 직업 경찰관의 일상에서 그는 문학을 통해 심리치료를 해가며 스스로 위로해가는 것이다. 수많은 사건 사고 현장에서 메스꺼움을 느껴도 참아야 했던 통증을 씻김굿으로 풀어내는 과정인 것이다. 그에게 문학은 곧 격렬한 투쟁과 갈등의 도피처인 또 다른 모텔이었고 양귀비이면서 동시에 '심리치료센터'였던 것이다. 내면은 '울고 싶은 아이'이면서도 참고 견뎌내야 하는 '성인'의 직업인이 가진 상처가 이 작품의 진술 속에 녹아들어 있다.

"

투명유리 밖 간간이 아스팔트 위를 짓누르는 타이어가
깊이 잠든 새벽을 깨우는 지금 천천히 뒤 난간으로 나간다
몽유병 환자처럼…
풍락목風落木 같은 담배 한 개비 물고
바짝 마른 입술에 찰칵찰칵 불을 댕긴다
밤새 소화하지 못한 그리움을 태워버리기 위해서일까?
내 앞에 성큼 버티고 선 거대한 검은 그림자 같은 무학산은
이미 타들어 가는 광려천 바닥을 감싸며
새벽바람 따라 흩어지는 안개 속에 조약돌을 어루만진다
바람 타고 날아다니던 반딧불처럼
반짝이던 불야성不夜城은 이미 깊은 잠에 빠져
저 멀리 24시 사우나 형광판螢光板만 덩그러니 앉아
온종일 파김치 된 육체를 일으켜
아직 충혈된 눈을 비비고 서서

잠시나마 가로등 불빛 아래 웅크리고 앉아
세상사 오물을 다 내뱉고
띄엄띄엄 질주하는 택시 속에 몸을 던지는 모습이
담배 연기 속으로 담겼다가 이내 사라진다
점점 멀어지는 검은 그림자는 청풍을 견디지 못하고
동쪽 하늘을 비집는 태양에 순종하듯
아침 단장한 모습을 드러내고
서울 가는 새마을호 열차가 아직 덜 여문 가을과 함께
밤새 식어버린 레일을 달구며 떠난다
그 긴 새벽 심통心痛을 잊은 양...

-〈새벽〉전문

"

다시 또 새벽이다. 어쩌면 배 시인의 시적 근원은 어두운 밤과 새벽일 수도 있다. 그는 늘 근무교대에 시달리며 고단한 육신과 투쟁을 하며 30여 년의 긴 시간 싸움을 하고 있는 직업인이다. 뫼비우스의 띠처럼, 턴테이블 위의 LP판 처럼 끝없이 반복하며 낮과 밤을 되풀이하고 그날이 그날인 지루한 안개와 호흡하며 일상을 보내고 있는 중이다. 어쩌면 그 회전체가 중단되면 징글징글했던 날들이 오히려 그리워질지도 모르는 일이다.

저절로 죽거나 바람에 꺾인 나무 같은 담배 한 개비를 바짝 마른 입술에 물고 긴 어둠을 헤치며 그리움의 불을 당겨보며 새벽잠을 깨우고 있다. 밤새 불야성不夜城을 이루던 풍경은 어느덧 어둠 속에 침잠하고 24시 사우나의 간판만 빛을 내는 새벽, 그날 잃어버린 밤의 편안함이 못내 아쉽고 억울한 심정으로 택시에 지친 육신을 구겨 넣고 있다.

그가 남긴 '그 긴 새벽 심통心痛'은 사나운 시간이었다. 하루도 바람 잘 날 없는 전투의 한가운데서 참담한 스트레스와 한바탕 일전을 치르고 밤을 잊은 채 한낮의 가운데를 향하여 새벽길을 떠나는 중이다.

인디언 속담에 말을 타고 힘차게 달리다가 어느 순간 갑자기 멈추는 때가 있다고 한다. 너무 속도를 내어 달리다 보면 영혼이 말의 속도를 못 따라올까 봐 두려워 속도 조절을 한다고 한다. 배 시인의 마음의 근원은 늘 고향인 창녕 임해진 나루터와 소벌을 향해 달려가고 있지만, 현실의 늪은 항상 새벽의 길 앞에서 갈등을 겪고 있다.

되는 일도 없고 안 되는 일도 없다. 일상이 허무할 수도 있고 의미가 있다면 있을 수 있다. 순환하는 자연현상과 사람들의 일상은 늘 같은 노래를 틀어주는 카세트 테이프처럼 반복되고 있지만, 일상의 모든 행위와 현상들은 음악의 템포와 함께 조율되어 흘러가고 있다. '알레그로allegro'와 '비바체vivace'처럼 빠르게 흘러가는 시간의 주인도 결국 사람이다.

새벽 열차가 달리는 레일을 바라보며 심호흡하며 함께

또 다른 하루를 향해가는 배 시인의 시는 잃어버린 자신을 되찾는 대화임과 동시에 곧 신에게 드리는 기도와 같은 신성한 행위라고 할 수 있다. 자신과의 대화는 곧 신과의 대화이며 통각痛覺을 느낀다는 것은 곧 살아 있음이다. 또 멀어져가는 하루의 페이지를 뒤로 넘긴다.

"

누가 저렇게 가물가물 보이는 고향 토담 위에
여인네의 젖가슴처럼 둥그레 하얀 달을 걸어 놓았나.
내가 열여덟 해에 딸기 팔아 장만한 자전거 타고
대장간 다녀온 막내아들
성냥 불꽃 튀기는 무쇠 낫 담금질 전에
텅텅 빈 헛간에 걸어놓은 요즘
날개 접은 어머니의 손길일 게야
역마살로 떠돌던 내 허리춤에는 늘 뜨거운 햇볕을 차고
펄펄 끓는 바다 한가운데 앉아도 보고
한가로이 수리 전답 물꼬에 앉아 갈라지는 논바닥을 보며
늘 가슴에 아려오던 생손톱 빠지던 그리움도
내 상심한 계절을 따라 가슴을 갈라놓은 속에 가득 담아
바느질도 해보는 것도 하얀 박꽃 속에 그려놓은 시 한 수가 고작
자식 떠난 그곳에는 병들은 노부모가 목숨 부지하고
여기저기 꿈속에 피어 올린 어둠 밤 밝히는 박꽃은
안간힘을 다해 손을 뻗어

허물어진 담벼락에 엉금엉금 기어 올라간다.

-〈박꽃〉전문

이 시에서 나(내)는 1인칭 화자의 마음이면서 동시에 2인칭, 3인칭의 너와 우리 모두일 수 있다. 즉, 내남 없는 우리네 보편적인 삶의 모습일 수 있다는 것이다. 그 보편적인 삶이 그리워진다는 건 삶의 추동이 아직 살아있다는 방증이다.

타관 객지를 떠도는 현대인들의 아련한 옛 추억을 떠올리면 시인의 고향 토담 위에 얹힌 여인네의 젖가슴처럼 하얀 달덩이 박과 박꽃이 연상된다. 여인네의 젖가슴은 어린 시절 어머니 젖가슴일 수도 있고, 성인이 된 이후엔 동네 아낙의 허벅진 엉덩이와 육덕 좋은 비릿한 젖가슴이 될 수도 있다.

'성냥 불꽃 튀기는 무쇠 낫 담금질 전에/텅텅 빈 헛간에 걸어놓은 요즘/날개 접은 어머니의 손길일 게야'처럼 이미 고향집엔 노부모의 손길 놓은 헛간에 녹슨 낫과 괭이, 쟁기 같은 농기구들이 어지럽게 널려 있는 게 오래된 현실이기도 하다.

'여기저기 꿈속에 피어 올린 어둠 밤 밝히는 박꽃은/안간힘을 다해 손을 뻗어/허물어진 담벼락에 엉금엉금 기어 올라간다'에서도 자식들이 도시로 떠난 그곳에 노부모가 생존하고 있는 것처럼 자연의 순환과 생명력은 멈춤이 없다. 담벼락에 엉금엉금 기어 올라가는 것은 담쟁이의 힘이며 질긴 생명력의 표출이다.

늘 바쁜 일상 속에서 역마살처럼 도시를 떠돌던 화자의 상심한 계절 끝엔 하얀 박꽃 속에 그려놓은 시 한수가 고작이지만, 이미 그 마음속엔 무너져간 고향집 토담과 함께 또 다른 담쟁이의 새로운 시작이 잉태되고 있다는 방증이기도 하다. 그 어떤 것을 인지하지 못할 때 감정과 행동에 큰 영향을 미치지만 인지하는 순간 그 힘이 약화되고 만다. 생각하는 힘이 약해지면 생각의 열차를 멈추거나 그 궤도 수정이 훨씬 쉬워진다.

박은 이제 초가집 지붕에도 울타리와 밭둑 그 어디에도 쉽게 찾아보기 어렵고 아련한 옛 추억의 그림이나 사진에서나 볼 수 있는 희귀한 것이 되고 말았다. 하지만, 박꽃이 사라져간다 해도 세월 탓만은 아닐 것이며 그렇다고 사람들의 운명이 뒤바뀌진 않을 것이다.

고향의 밭둑과 들판은 오히려 정지작업整地作業으로 개량되었고 농촌의 일손도 옛날보다 더 분주해졌다. 산업화로 인해 도시민들이 증가하긴 했지만 조금만 외곽으로 나가면 우리네 고향의 풍경은 어디에나 쉽게 찾아볼 수도 있다. 결국 도시에도 도농복합지역인 곳이 더 많아졌다.

그럼에도 불구하고 홀로 힘 있게 허물어진 담벼락을

타고 오르는 박꽃을 그리워하는 화자의 마음은 늘 도시탈출에 시선을 두고 있음을 알 수 있다. 또 다시 시간여행을 떠나고 싶은 그리움이다. 물 안에서 물을 찾는 것처럼 사라진 기억을 되살려 끈을 잇고 싶은 그리움이다.

"

안산천 건너 대추마을
허물어진 둑을 쌓는 모래바람은
나 분하게 비상하는
흑두루미를 다그치며
밀치락달치락 앞길을 막아섰다.

긴 세월 동안 일궈 온 옥토는
초여름 한나절 날비에 쓸려
허물어진 늙은 앞가슴에
철조망을 쳐놓은 그곳엔

비닐하우스 안에
늙은 어머니의 사등이가 살기 다툼에
셋거리가 영양실조에 걸려
꼬부라진 오이는 배가 등에 붙어
고향 빼앗긴 굴종으로 갇혀 허우적거리다

잠시, 아카시아 암향 길 거니는
대추마을 상서리마저도
아슴아슴 한 먹장구름 밑에서
뜨거운 반란을 하며

소드락질 하는 들짐승
등쌀에 떠밀려 서산 등성이에 앉아
텅텅 빈 평야를 지켜보던 석양마저도
이내 속으로 이별을 고한다

-〈빼앗긴 평택 평야에서〉전문

"

이 작품에서는 두 가지 상반되는 요소가 한 짝을 이루면서 대립을 하고 있다. 시인의 마음이 이상화 시인의 '빼앗긴 들에도 봄이 오는가'처럼 이항대립을 하고 있다. 봄은 왔지만 봄 같지 않다는 춘래불사춘春來不似春처럼 모래바람 부는 그 들녘을 다시 찾아야 한다는 의지로 '뜨거운 반란'을 하는 평택 주민들을 바라보며 안타까움과 애잔한 마음이 구절마다 절절히 묻어나고 있다.

'허물어진 늙은 앞가슴에/철조망을 쳐놓은 그곳엔' 국가와 국민을 수호해야 할 군인들과 함께 질서유지를 위해 출동한 배 시인도 경찰관의 신분으로 직무집행 중이었으니 그 마음속은 심한 반란과 함께 아노미anomie가 작용하고 있다. 오래전

2006년 5월 '평택 대추리'엔 '여명의 황새울 작전'으로 삶의 터전을 잃어버린 주민들이 지금까지 법정다툼을 계속하고 있는 중이다.

그곳엔 이미 캠프 험퍼리스Camp Humphreys가 건설되어 주한미군들이 근무 중이다. 당시 상업용지 공급 대상자가 된 평택 미군기지 원주민 경작자는 598세대였으나 18년이 지난 현재까지 대부분 분양을 받지 못하고 있다고 한다.

이 작품에서는 배 시인의 경찰관이라는 직업의 책임감과 함께 한 인간의 갈등과 고민의 흔적이 역력하게 묻어나고 있다. 오래전 그는 이 작품으로 인해 상관으로부터 경찰관이라는 신분을 잊지 말라는 당부를 들은 적이 있다고 했다.

세월 앞에 장사가 없다고 했던가. 이제 그는 6월이면 정년을 하는 나이가 되어 두 번째 시집 〈이슬 속에 바라본 세상〉을 내면서 가슴 속에 묻어두었던 이야기를 풀어내고 있다. 마치 끝없이 반복되는 '뫼비우스'의 공간성과 '큐브'처럼 떠돌아야 하는 운명의 주체에서 탈출하고자 하는 신호signal가 시 구절 중에서 절절히 묻어나고 있다.

'텅텅 빈 평야를 지켜보던 석양마저도/이내 속으로 이별을 고한다.'에서 본 시인의 고백적 진술은 자본주의와 분단된 국가의 현실 앞에 한미동맹이라는 명제와 주민들의 삶이 오버랩overlap되며 나타난 초월적 자아라고 할 수 있다. 그 현장에서 시인은 경찰관이라는 신분으로 질서유지 임무를 수행하는 과정에서 한 인간의 고뇌와 빚진 마음이 절절히 드러나고 있다. 〈이슬 속에 바라본 세상〉은 그의 뜨거운 눈물과 이웃의 삶을 바라보는 따뜻한 시선이라고 할 수 있다.

이제 그 들녘 섶길은 화해와 평화를 염원하는 대추리 길 15km로 변하고 있다. 섶길 표지석 마을 주민들의 새로운 삶의 이정표가 파란 하늘처럼 맑고 밝게 비추었으면 하는 염원은 시인과 함께 모두의 바람이 되고 있다.

“

반동 노인당 위 퍼질러 앉은
먼 길 걸어온 팔각정은
우두커니 서 있는 나를
한사코 서쪽 하늘로 얼굴을 돌려놓는다

닭 섬 주위를
물방개처럼 빙글빙글 돌고 있는
상복 입은 갈매기도
텅텅 빈 어선 위에 앉아 통곡을 하며
석양을 바라보라고

그 주위를

형형색색 꾸며놓은 꽃상여
싸늘히 식어가는 주검을 보고
줄지어 발맞춘 갈매기 상여꾼은
지난 세월을 잊으라고
덩실덩실 춤추며 등을 떠민다

내 시야에서 벗어난
깜깜하게 물든 곳엔
바다를 떠나본 적 없는
늙은 어부의 사랑도, 그리움도 미움조차도,
그 세월 속에 모두 삼켜 버린다

-〈세월〉전문

물이 물을 끌어당기듯 세월의 바람은 또 다른 바람이 집어삼키고 있다. 세월 뒤에는 세상의 모든 물질적인 것은 사라질 것이고, 수취 불명의 기억들만 둥둥 떠다니다 어느 나뭇가지에 걸릴 수도 있다.

'텅텅 빈 어선 위에 앉아 통곡을 하며/석양을 바라보는' 상복 입은 갈매기처럼 시인의 마음은 함께 투영돼 있고 '지난 세월을 잊으라고/덩실덩실 춤추며 등을 떠미는' 갈매기 상여꾼과 함께 나래치고 있는 중이다.

오래된 기억을 연상케 하는 이 작품은 현재와 과거를

오가며 영원과 찰나의 상반되는 개념이 동시에 대립하여 그 효과를 상쇄시키는 '길항작용'을 보여주고 있다. 오래된 기억은 시인을 잠시 회한에 잠기게도 하지만 이내 곧 현실로 돌아와 '늙은 어부의 사랑도/그리움도 미움 조차도/그 세월 속에 모두 삼켜 버린다'

세상은 상처의 연대라고 할 수 있다. 상처가 상처를 끌어안으면 더 큰 상처가 되는 것이 아니라 더 큰 상처가 작은 상처를 감싸 안으며 함께 치유가 될 수 있다. 작품 속의 갈매기는 석양을 바라보는 텅 빈 마음은 배 시인의 마음이다. 여기서 시인은 이미 갈매기가 되어 작은 갈매기를 끌어안고 쓰다듬으며 위로하고 있으며 그 작은 갈매기를 통해 자신도 함께 위로받고 있는 것이다.

고통의 자아에서 벗어나는 건 결국 그 고통을 끌어안을 수밖에 없다. 여기서 외면해버리면 그림자는 계속 집요하게 따라다니며 자아를 괴롭히게 된다.

삶의 위로는 삶에 대한 진정성과 세상을 향한 따뜻한 시선이 있어야 자신과 타자他者 모두가 위로 받을 수 있다. 언행일치가 되지 않는 사람은 결코 타인을 이해하지 못한다. 자아와 타인의 고통을 받아들이고 이해할 수 있어야 시인이 될 수 있다.

이 작품에서는 배 시인의 따뜻한 시선이 시를 통해 자신을 위무하고 타인들조차 함께 치유해 주는 효과가 극대화되고 있다. 시인의 시는 곧 구도적 진정과 함께 상처를 치유하는 카타르시스의 공명이 작용하고 있다.

'반동 노인당 위에 퍼질러 앉은' 팔각정은 춘하추동 계절에서 젊은 날 생존을 위해 열심히 살아온 노인들의 쓸쓸한 모습을 의인화 한 것이다. 어쩌면 우리 시대의 자화상이며 가을을 떠나보내는 감나무 가지 끝에 매달린 홍시 하나의 애틋한 풍경이기도 하다.

세월 앞에 장사 없다는 말처럼 '늙은 어부의 사랑도, 그리움도 미움조차도' 이젠 가을 뒤끝에 매달아 모두 세월 속에 떠나보내야 한다. 질곡의 세월 속에서 희로애락과 생로병사를 거치며, 이젠 노년에 휴식을 보낸 후 편안한 안식을 맞이해야 할 노인들의 모습에서, 쓸쓸함과 불안함 보다는 우리 사회가 보다 더 관심을 가져야 한다는 것에 시인의 시선이 멈추어 있다.

'지난 세월을 잊으라고 / 덩실덩실 춤을 추며' 상여꾼이 울음 우는 것도 고생 다 했으니 좋은 곳으로 떠나라는 이별의 행위를 하는 것이다.

팔각정을 보며 '우두커니 서 있는 나'는 시인이면서 우리 모두일 수 있다. '한사코 서쪽 하늘로 얼굴을 돌려 놓는다.'는 것도 너도 나도 예외일 수는 없다는 하늘과 자연이 시인의 입을 통해 전해주는 메시지인 것이다. 신의 대리자라고 표현하는 것도 그런 의미에서 나온 말이다.

"

낭창낭창 청솔가지 밑에
겨울이 덮어버린 눈 속으로
목 놓아 지저귀는 새는
치마폭에 감싸던 자식을 그린다
허공에 바닷물마저 얼어 붙인 바람은
무척 긴 세월 동안 변함없이 빙하를 뚫고
따사로운 봄 찾아 흘러간다
바짝 마른 가지 끝
빨갛게 익은 단풍인들 남았을까?
겨우내 언 땅 위에
그들의 입술에 핀 꽃인들 남아 있을까
적막이 흐르는 감천 골짝은
무학산 능선을 따라 넘어도
아무것도 보이질 않는다
아무 소리도 들리지 않는다
그때 그 외침마저도
봄을 찾아 흐르는 개울물 소리에 묻혀
귀 울림도 미미하게 들릴 뿐이다
마산부두 모퉁이 그의 모습은
아직 자율 교복도 입지 않고 있다
봄은 빙하를 뚫고 있는데

-김주열 시신 인양 지 앞에서-

-〈*빙하를 뚫는 봄*〉*전문*

제목에서부터 힘찬 봄의 에너지가 물씬 풍겨나고 있다. 3.15 의거의 힘찬 함성도 부마사태라고 불리는 6.10 항쟁의 그 외침마저도 '봄을 찾아 흐르는 개울물 소리에 묻혀/귀 울림도 미미하게 들릴 뿐이다'

세월이 흘러 마산과 창원, 진해시가 통합되고 다시 특례시가 되면서 광역시를 향해 힘찬 전진을 하고 있지만, '마산부두 모퉁이 그의 모습은/아직 자율 교복도 입지 않고 있다' 최루탄으로 비명에 간 김주열의 시신이 발견된 그곳엔 여전히 초라한 안내판 하나만 세워진 채 쓸쓸히 찬 바람 만 불고 있다.

그런 마산항엔 이제 통합 특례시의 면모를 갖추려고 온갖 조형물과 형형색색의 조명도 설치해놓고 분위기를 바꾸려는 노력을 많이 하고 있긴 하다. 하지만 그 부두를 항상 그리워하며 자주 찾는 배 시인의 가슴엔 여전히 찬 바람만 불고 있다.

민주화의 성지인 마산에서 정작 시대정신 3.15의 의미는 퇴색된 채 매번 선거철에만 요란한 뒷북을 치며, 철없는 정치인들만 마산의 아들임을 자처하고 목소리를 높이기 때문이다.

정작 배 시인이 작품을 통해 전하고자 하는 메시지는 그런저런 공허한 메아리 보다 통합 특례시에 걸맞은 도시의 활기찬 동력과 많은 사람들이 오가는 발걸음이 더 그리운 것이다.

젊은 날 청춘을 바쳐 도시의 보안관 임무를 수행 해오며 오동동과 창동, 어시장 주변에서 많은 인간 군상들과 밤낮 없이 치열한 전투를 벌이며 살아온 시인에겐 그곳이 떠날 수 없는 고향이기도 하다.

그곳은 외적으로 변모한 밤의 화려함이 조명보다는 정작 사람이 그리운 곳이다. 창원에 집중된 주민들의 삶이 마산을 더욱 쓸쓸하고 쇠락해져 가는 곳으로 만들어가기 때문이다.

'봄은 빙하를 뚫고 있는데' 춘래불사춘春來不似春처럼 그곳은 '자율교복'도 입지 않은 채 중학생 김주열 군의 외롭고 쓸쓸한 모습처럼 여전히 적막감만 있기 때문이다. 시인의 마음을 움직이고 있는 공명은 사실 그날의 함성 소리가 아니다. 시인의 마음과 시선은 늘 세상 밖으로 열려 있지만 그 시선은 언제나 이웃들과 함께하고 있기 때문이다.

그의 시적 진술은 늘 깨어있는 '마음 챙김' 상태에 있다. 일상의 지침과 고통을 거부하지 않은 채 겸손함으로 받아들이고 상처를 치유하며 결핍을 보충한 것도 치열하게 살아온 바로 그 생존의 터인 마산부두에서 였던 것이다.

마산의 명품 '몽고간장'도 사람들의 발걸음과 함께 창원의 품속으로 깊이 들어간 지 오래다. 배 시인의 시적 언술을 통한 김주열의 초라한 안내판은 곧 외형에 비해 쇠락해져 가는 마산의 현재 모습이 투영된 것이며, 떠나는 발걸음을 되돌리려는 마산의 바람이기도 하다.

바쁘게 정신없이 돌아가는 현대인의 삶 속에서도 그는 시간여행을 통한 '마음 챙김'으로 정신을 놓지 않고, 느림의 미학으로 그리움과 기다림을 반복하며 현재와 미래를 향해 열려 있는 마음으로 살아가며 간절한 기원을 하고 있다. '다시 또 복사꽃이 활짝 핀 마산의 부활을 위해' 땅거미를 밟으며 112 순찰차가 골목길을 누빈다

"

술 취한 육체가 피투성이가 되어
귀를 막고 눈 감고 말문마저 닫는다
살아있지도 죽어있지도 않은 중음신으로
늙어 가는 도시의 꿈은
독거노인의 한 많은 세상을 생색내듯
문명이 있어도
그 문명을 받지 못한 골목길은
장맛비로 함석 조각 지붕 모퉁이가
퀴퀴한 냄새로 늙어가고 있다
옛날 부모님의 말씀처럼
야 야 까치가 울면 반가운 손님이 온단다

이젠 그 말도 무색할 정도로
도시의 거리를 지키는 은행나무 위로
사정없이 내리치는 빗줄기가 그것마저 쫓아
온갖 오물과 쓰레기더미가 된 도시의 풍경들
겉치레만 화려한 꽃들은
여기저기 시든 꽃잎처럼
한여름 땡볕에 말라비틀어진 헐벗은 몸으로
돈 몇 푼 땜에 성을 주고받는다
하늘을 날아다니던 오염된 허공을
장맛비로 씻어 내리는 구정물을 맞으며
이리저리 정리해 보지만
공허하게 뻗어있는 아스팔트 위의
경계선을 그어 놓은 차도 속에
물밀 듯 밀려드는 개미군단의 행렬
그 속에 곡예 하는 사람들
인생이 무너질 듯 위태위태하다
새벽까지 방황하는 젊은 청춘들
정신마저 혼미해지는 도시의 꿈은 있는 것일까

– 〈늙어가는 도시의 꿈은 없다(1)〉 전문

”

슬픔의 시학의 근원은 인간애人間愛에서 출발한다. 그

시선이 안으로 내재화되지 않은 바깥을 향한 세계관을 소유하고 있기에 주변부의 이런저런 모습과 사건 사고를 접하는 일상에서 슬픔이 쌓인 것이다.

배 시인의 '늙어 가는 도시의 꿈은 없다'는 항구도시 마산에서 젊음을 바친 '도시의 보안관'의 일상에서 결코 평화롭지 않은 장면들을 접하며 느낀 슬픔의 미학이며, 위태위태한 젊은 청춘들이 방황하는 모습에서 안타까움을 느낀 하루하루의 업무일지라고도 할 수 있는 그만의 독창적인 작품이다.

제목부터 내용까지 한때는 전국의 인간 군상들이 생존을 위해 모인 산업도시 마산의 모습은 희망찬 내일을 설계하며 모두가 잘살 수 있다는 가슴 벅찬 활력의 도시였다. 그곳에서 젊음을 보낸 배 시인도 어쩌면 쇠락해져가는 도시와 함께 노년으로 향하는 입장이기에 더 회한이 많을 수도 있다.

'112순찰차'로 골목길을 누비며 바라본 30여년의 모습은 예전이나 지금이나 별 반 다를 바 없는 인간 군상들의 전투 현장은 '온갖 오물과 쓰레기 더미가 된 도시의 풍경들'이었다. '까치가 울면 반가운 손님이 온단다.'를 떠올리며 오랫동안 지켜봤던 '도시의 거리를 지키는 은행나무'도 이젠 지쳐가는 배 시인과 함께 늙어가며 제자리를 지키고 있다.

'돈 몇 푼에 성을 주고받는' 술 취한 육체가 피투성이가 되어 '새벽까지 방황하는 젊은 청춘들' 그 앞에서 늙고 때

묻은 확장된 은행나무가 되어, 그 모든 것을 감싸 안고 인간의 존재 이유를 자아와 도덕적 주체인 시인도 문득문득 흔들릴 수밖에 없는 입장이었다.

인간에겐 삶의 모습을 긍정적으로 보는 것과 부정적인 시각의 추동 에너지가 있다. 노동의 굴레와 함께 주변인들 또는 타자他者들과의 관계에서 끊임없는 경쟁을 통해 삶의 전투를 치루는 동안 우리는 많은 슬픔과 트라우마trauma를 겪게 된다.

어쩌면 잔인한 저주처럼 시지프스Sisyphus의 바위를 짊어진 채 끊임없이 언덕을 오르내려야 할지도 모르는 게 배 시인과 우리네 모두의 현실일 수 있다. 그 속에서 슬픔과 분노의 자아와 안으로의 투쟁을 통해 싸워 이겨야만 하는 숙명을 가지고 태어났다고 할 수 있다.

원치 않는 고통스런 경험은 회피하거나 내적으로 억압하며 통제하려고 시도해보지만 그 통증은 더욱 커지고 또 다시 그런 반복과정을 되풀이 할 수밖에 없다. 도망갈 수도 없는 도시의 엉망진창인 풍경을 오랫동안 지켜보며 '도시의 보안관'으로 살아온 세월 속에서, 배 시인은 그것을 '수용'하면서 관계를 형성했고 타인들과는 다른 태도로 '마음 챙김'을 해 오면서 그것을 기록해 온 것이다.

사람들은 자신이 겪고 있는 문제와 감정을 솔직하게 드러내는 것을 꺼려하는 경향이 있다. 내적으로 회피 또는 반동형성으로 감정을 억제하기 때문이다. 그것은 결국 차곡차곡 쌓인 내적 분노와 슬픔이 되어 스스로 치명상을 입힐 수도 있다.

여기서 배 시인은 현장기록을 통해 내상을 치유하며 '정신까지 혼미해지는 도시의 꿈은 있는 것일까?'라는 반문을 계속하며 그 꿈이 깨지질 않길 염원하고 있다. 그것은 현재진행 중이며 앞으로도 계속될 것이기에 도시의 꿈은 그렇게 쉽게 무너지지 않을 것이다. 시인은 그것을 이미 알고 있기에 '도시의 거리를 지키는 은행나무'가 되어 오늘도 112순찰차를 타고 골목길을 다니며 피곤한 눈에 한 번 더 힘을 주고 있다.

"

조각난 구름 떼가 뭉치면 눈비를 몰고
사금파리 땅따먹기하는
가포 앞바다 갯벌에 묻힌 조가비가
몇 년 전부터 솥뚜껑 안에 갇혀
무수한 고문을 당하고 있다
그러나 입을 열지 못하는 사정이 있다
욕심이 그의 꿈을 짓밟았다
분명히 황금으로 땜질하여
그들의 입을 막아 꼼짝달싹도 못 한다
채석장 자갈이 뒤덮이고 서야

자기의 몸뚱어리가 썩었다는 것을…
이미 주검이 된 생태계는 오물 속에 묻혀
세상 떠돌다가 속이 다 썩은 모양이다.
난 저놈의 속사정을 안다
조상 대대로 자리를 지켜온 갈매기도 알고
누구든 그 자리에 와본 사람은 다 안다
아는 사람은 다 안다
밤이면 빤짝이는 사궁두미 등대도 알고
하물며 지나가는 외항선도 안다
난 조가비의 꿈도 안다.
옛날 그대로 지켜야 하는 것을…

-〈조가비의 꿈〉 전문

또 다시 오늘도 배성근 시인은 개발 속 한 곁에 폐허처럼 방치된 '가포앞 바다 갯벌에 묻힌 조가비'가 신음하고 있는 모습에 마음 아파하고 있다. 모두가 인간의 욕심으로 인한 자연의 훼손으로 생명이 죽어가는 모습들이다. 평생을 마산과 함께 살아온 배 시인은 도시의 번영과 쇠락, 다시 개발하는 그 모든 과정을 현장에서 낱낱이 지켜봐 온 역사의 산 증인이다. 소박하고 간절한 시인의 꿈도 '조가비의 꿈'과 결코 다르지 않다. '옛날 그대로 지켜야 하는 것을…'

도시의 변천사에서 자연의 훼손은 필연적으로 발생하는 이도저도 어찌할 수 없는 현상이지만, 그것을 무분별하게 훼손하기보다 친환경에 가깝게 최소화하는 것이 인간이 취해야 할 자연에 대한 예의라고 할 수 있다. 그것은 곧 하늘에 대한 예의이다. 배 시인도 생존을 위한 직업인이지만 꽃을 보면 감동하고 자연을 사랑하는 어쩔 수 없는 한 사람의 인간이었던 것이다.

태초에 하나님이 인간을 창조하였듯 인간 존재의 근원은 흙에서 찾을 수 있고, 일상에서의 모든 기쁨과 슬픔은 흙으로 돌아갔을 때 진정한 치유와 휴식, 즐거움을 느낄 수 있게 된다. 인간의 목소리도 결국 흙에서부터 나온 것이고 흙으로 되돌아가게 된다.

'조각난 구름 떼가 뭉치면 눈비를 몰고/사금파리 땅따먹기 하는/가포 앞바다'는 인간의 욕심이고 '몇 년 전부터 솥뚜껑 안에 갇혀/무수한 고문을 당하고 있는' 조가비의 고통을 갈매기도 알고 줄곧 지켜본 화자도 알고 있는 사실이다. '채석장 자갈이 뒤덮고서야/자기의 몸뚱어리가 썩었다는 것을…'

여기서 화자는 획일화되고 경직된 자본의 사고와 개발 앞에 모든 것을 상품화 해버리는 인간들의 모습에, 그저 망연자실하며 안타까워할 수밖에 없는 현실이 우리 모두를 우울하게 하는 원인임을 작품으로 말해주고 있다.

자연이 창조한 모든 종류의 형태는 신의 작품이라고 할 수 있다. 그것이 어떻게 변화하고 훼손되는 다양한 과정을 모두 세심하게 관찰하고 기록하는 것도 시인들의 몫이며, 머릿속에 각인시켜두며 함께 공감할 수 있는 메시지를 던짐으로써 배 시인은 그 해답을 이미 모두에게 화두로 표현해준 훌륭한 통역사라고 할 수 있다.

시인들이 독창적인 양식이나 개성적인 창작을 하지 않더라도 사람들의 공감대를 형성해줄 수 있다면 이미 그 역할을 다 한 것이라고 할 수 있다. 전통과 관습에 시비를 걸거나 엉뚱한 딴지를 걸지 않더라도, 도시의 재생과 그 이면에 발생되는 모순에 대해 타자들이 하고 싶었던 말을 대리로 전달해 주는 것도 문인들의 시대정신이며 소명이라고 할 수 있다.

자신의 영역에서 직업인의 신분을 망각하지도 않으며 암시의 묘미로 사람들의 감수성을 자극시켜 분노와 절망도 일으키지 않고 풀어낸 한 편의 시가 공감대와 함께 울림을 주고 있다.

루소의 말처럼 조물주가 처음에 만물을 창조할 때는 모든 것이 선善이었다. 그러나 인간의 손이 닿으면서 모든 것이 타락하고 만다. 늙고 병들수록 자연으로 돌아가는 것이 생태계의 법칙이지만, 인간의 손으로 제동을 걸고 개발하는 과정에서 신음하는 자연을 다시 재생시켜야 하는 것도 인간들의 책임이고 과제이다.

거추장스런 허물을 벗어 던지고
고결한 육체를 드러낸다
그 품속에 안기라고 사르르 녹는다
봄,
당신의 체온으로 덥혀
저 푸른 대지가
길게 뻗은 낙동강 물줄기 흐름처럼
무척 매끄럽다.
저 젊음은 점점 열기를 더해갈 것이다
불덩이는 가슴 깊숙한 곳
마력 의한 진화로 온몸이 뜨거워진다
자외선 받아먹는 탄소동화작용 따라
응고된 혈을 녹이며
촉촉이 젖은 배설은 하늘로 흘러 익어갈 것이다
그래서 봄은 옷을 훨훨 벗어 던지고
볕을 담아
봄 여인은 알몸 되고
여인의 봄은 뜨겁다

-〈여인의 봄은 뜨겁다〉전문

”

시작부터 봄의 계절을 비릿하고 굴풋하게 여인의 몸으로 의인화한 솜씨가 예사롭지 않다. 남성을 유혹하는 풋풋하고 농염한 봄의 여자가 있다. 바로 개량한 백당나무에서 무성생식으로 피어난 불두화 열매인데, 맛있게 보여 손을 뻗어 따 먹었으면 하는 강렬한 유혹을 풍기는 붉고 농염한 열매다.

'여인의 봄은 뜨겁다'는 시를 보면 봄을 한껏 달구어진 여인의 농염한 육체에 비유해 놓았다. 손대면 금방이라도 터질 듯한 봄의 아찔함 앞에서 그 유혹을 그냥 지나치지 못해 한편의 시로 남기며 봄과의 달콤한 연애로 엔조이enjoy하고 있다.

봄의 육체는 너무나 뜨겁기 때문에 누군가는 건드려주어야 한다. 꽃씨 방을 벌과 나비가 건드리며 터뜨려주어야 그 나래와 자태를 활짝 펼칠 수 있기 때문이다. 그렇지 않을 때는 한 떨기 죽은 시체처럼 푹 모가지를 꺾을 수밖에 없는 것이 봄의 여인이다. 그러나 어쩌랴 끈질긴 게 생명력인 것을. 죽은 것 같던 봄의 생명력은 뜨거운 입김을 내뿜는 여름을 지나 붉은 장미꽃과 불두 화 열매를 드러낸다.

배성근 시인이 봄을 '허물을 벗어 던지고/고결한 육체를 드러낸다.'고 표현한 것도 아직 한 번도 그 누군가의 손길이 닿지 않은 순결한 상태이기 때문에 겁 없이 또는 수줍은 듯이 그 육체를 드러내고 있는 것이다. 어쩌면 생명을 잉태하고 품어내는 모성애母性愛의 여성성女性性을 상징한 것일 수도 있다.

'응고된 혈을 녹이며/촉촉이 젖은 배설은 하늘로 흘러 익어갈 것이다'는 것도 모든 자연의 동식물들이 순환하는 과정을 묘사한 것이다. 꽃이 피어나고 씨방을 터뜨리며 흩어지는 과정과 동물, 인간이 사랑의 과정을 거쳐 생명이 탄생하고 흩어져 각자도생한 뒤 다시 대자연의 품으로 돌아가는 과정을 '하늘로 흘러 익어갈 것이다'며 자연의 순환을 노래한 것이다.

흔히 봄은 여성에 가을은 남성의 계절로 묘사를 한다. 봄의 여자는 풋풋한 신록과 함께 한껏 봄물이 올라 뜨거운 농염함을 함께 드러내며 자랑하는 과정을 시로 표현할 때 그것을 '따옴시' 또는 '생명시'라고도 한다.

봄과는 반대로 가을은 고단한 농사를 끝내고 가을걷이 뒤에 휴식을 준비하는 중후한 남자들이 코트를 걸쳐 입는 계절이다. 여기서 농사란 각종 모든 직업군에 속하며 노동일을 하는 과정을 말한다.

여자를 사귈 때는 봄바람 난 여자를 선택하고 남자를 낚시질할 때는 가을 남자를 고르라는 말도 있다. '봄 여인은 알몸 되고/ 여인의 봄은 뜨겁다' 달도 별도 밝은 봄밤의 바람난 여인과 남정네는 더욱 뜨겁다. 제 짝을 아직 찾지 못한 봄밤의 뻐꾸기 울음소리는 더욱더 서럽기만 하다.

“

강물이 불어야 수산 장 배가 뜨고
가을걷이로 쌓아둔 곡물 그 위에 실어봐야
길곡 댁은 고구마 한 가마

마천 댁은 여름 내내 땡볕에 어린아이 세수시키듯
닦고 다듬은 고추 두 근
샛담에 사는 김해 어른은 소일거리로 키운
염소 한 마리 끌고
물을 무척이나 겁내는 놈이 끌려가는 모습은
강 건너 땅콩밭
아버지 발걸음 소리만큼이나 힘겨웠던 그 시절
장돌뱅이 곡물은 강물을 짓눌러
강바닥이 닿듯 말듯 무거운 엔진소리가
수산 다리 밑 나루에 정박해 놓는다
수산 장터에 막내아들 책가방 운동화 사탕도 한 봉지 산
아버지는
파서 사는 사돈어른 만나
막걸리 한잔도 대접하고
주전부리로 부르던 노랫가락 소리가 떠난 요즘
비리 끝 상사 바위가
물끄러미 내려다보는 임해진 나루터에
엘 팔 피 나룻배가
한나절 내내 졸고 있다가
해거름에야 비리 끝으로 한 바퀴 휙 돌고 온다
옛날 풍성했던 그 시절 버릇처럼…

-〈임해진 나루터〉전문

"

시인의 마음속 풍경과 시선은 늘 고향인 경남 창녕군 부곡에 청암리 낙동강변 임해진에 머물러 있다. 고향은 누구에게나 늘 푸근하고 아련한 추억거리를 주며 가슴 한 곁을 아리게 만드는 곳이기도 하다.

'강물이 불어야 수산장 가는 배가 뜨고' 나들이를 할 수 있는 그곳은 창녕과 창원 북면이 강 하나를 사이에 두고 맞닿은 고장이다. 그곳에서 아버지를 따라 배를 타고 장에 가야만 짜장면이든 장터국밥이든 한 그릇 맛 볼 수가 있고, 모처럼 신기한 구경거리가 많아서 신나는 하루를 보낼 수가 있었던 우리네 어릴 적 풍경이 한 편의 시에서 눈에 선하게 묘사돼있다.

'수산 장터에 막내아들 책가방, 운동화, 사탕도 한 봉지 산 아버지는' 장에 갈 때의 무거웠던 발걸음과 염소 한 마리 또는 소 한 마리 내다 팔러 갈 때의 긴 한숨 따라 흐르던 긴 담배 연기에 비해, 올 때의 발걸음은 한잔의 막걸리에 홍얼홍얼하며 훨씬 가벼워진 모습이다. 풍성하지 못했던 시절이었지만 그때의 풍경을 떠올리면 마음만은 풍성해지고 넉넉해지는 느낌이다.

내남없이 노년을 향해가는 중장년의 나이엔 그 아버지는

이제 억새 풀 볏짚 냄새가 풍겨나는 뒷산에서 잘 익은 슬픔처럼 자리 잡고 있는 경우가 많다. 소나무 고목 밑둥치 같은 허물어져 가는 육신을 이끌고 혼자 또는 삼삼오오 쓸쓸한 경로당을 지키는 동네 어르신들도, 이젠 뒷산의 억새 풀 냄새와 함께 담배 연기가 굼실굼실 풍겨나고 있다.

'길곡댁'의 그 고구마 한 가마는 장에 내다 팔아봐야 국밥 서너 그릇 정도의 가격 밖에 안 되던 그 시절이나 막걸리 두어 병이면 교환되는 지금의 화폐가치나 별반 다를 게 없는 게 현실이기도 하다. 아련한 시간여행으로 다시 가본 흘러간 옛 노래 같은 '임해진 나루터'는 지금의 낙동강 주변 마을과 그리 다르지 않은 풍경이다. 다만 새롭게 놓인 다리와 도로만이 현실의 장면으로 스피드를 내며 생각을 끌어당기고 있다.

현실의 늪에서 빠져나오지 못해 이런저런 일상의 스트레스에서 탈출하는 방법 중 하나가 사색과 명상을 통해 '마음 챙김'을 해보는 것도 좋을 수 있다. 그 중 쉬운 방법 중 하나가 아련한 옛 추억의 고향 마을을 떠올려보는 것이다. 가장 좋았던 어린 시절 기억을 향해 시간여행을 떠나보는 것이다.

'마음 챙김'이 심리치료에 유익한 효과를 준다는 것은 이미 입증된 사실이다. 고통에서 벗어나려는 통제 노력은 더 큰 괴로움으로 발전할 수 있으므로 수용하면서 새로운 돌파구를 모색하는 것이 좋다. 고향의 풍경을 떠올리는 건

모성母性을 향한 귀향이므로 마음 정화에 더없이 좋은 방법이다.

시인의 '임해진 나루터'는 가수 남상규의 '고향의 강'이나 나훈아의 '고향역' 같은 영원한 마음의 안식처인 곳이다. 모든 시인의 진정한 안식처는 결국 자연으로의 회귀回歸이고 고향의 산과 강, 들판인 것이다.

"

내 나이 일곱 되던 해에는
우리 동네 옹기골 봄나들이 나온 황토 흙이
잘근잘근 밟혀 진달래도 멍이 들었다
한쪽 눈을 감고
엠원 소총 열처럼 반질반질 안을 살펴보고 있다
베트남 전쟁터에 지원 간 아재 같이
이놈의 붉은 피가 파르르 떨며
너의 살갗에 찍어 바르고
무쇠 같은 손으로 아랫도리 살살 만지며
가느다란 손끝이 그리워 요술을 부린다
낙동강 강바람이 다가와 붉은 항아리 숨구멍에
박하 향을 불어 넣고 새근새근 숨길이 곱다
이내 도톰한 몸집이 굳어지고 있다
겨우내 땅 밑 깊숙이 묻어둘
김치독도 살금살금 제법 모양새를 세웠다

저놈의 가슴팍에 얼마나 불꽃을 튀겨야
세상구경을 할는지
철든 자식 보기보다 힘든 것인가
그래도 그 항아리 속에는
수십 년 지난 겨울날 감 홍시도 웃고
그 달콤함을 넣은 할머니 입안도 웃고
도회지 나간 자식 기다리는
노모의 가슴으로 우려낸 조선간장도 웃고
그 웃음 속에는 어머니 인생 담겨있다
수년을 기다리다 지친 초라한 장독대 위에는
이제 힘없이 앉아 거친 숨을 쉬고 있다
이제 세상먼지가 숨통을 막는 모양이다

-〈붉은 항아리〉전문

세월을 온몸으로 겪어낸 낡은 항아리가 시인의 시선은 고향에 계신 늙은 노모의 투영된 분신이었다. '노모의 가슴으로 우려낸 조선간장도' 그 속에서 푹 삭여진 무우 짠지도 질곡의 세월과 진국의 맛이 모두 들어있다. '한쪽 눈을 감고 / 엠원 소총 열처럼 반질반질 안을 살펴보고 있다'는 행위는 지금도 여전히 세월을 거슬러 지난 시간의 고향 맛이 남아 있는지 아련한 옛 추억을 회상하는 시인의 애틋한 향수이다.

우리네 일상에서 사용하는 조선간장과 양조간장, 진간장의 제조비법은 많이 다르지만 그 감칠맛에 오랫동안 익숙해진 입맛을 쉽게 바꿀 수는 없다. 다만 왜간장이라고 불리는 양조간장은 방부제와 MSG(조미료)가 많이 함유되어 우리 전통 조선간장과는 본질적으로 차이가 난다.

지금도 가끔 도시의 아파트에도 간장 달이는 쿰쿰한 냄새가 코끝을 찌르르 자극하며 온 동네를 들썩이게 할 때가 있다. '아이고 냄새야, 이 무슨 냄새야?', '무슨 냄새는 무슨 냄새, 간장 달이는 냄새구먼' 고향의 냄새치고는 참으로 고약한 냄새라고 할 수 있다.

콩으로 만든 메주를 띄워 천일염으로 가득 채우고 맑은 물을 넣어 오랫동안 푹 삭이면 검은 물이 고인다. 물론 부패 방지를 위해 숯과 붉은 고추를 띄워야 한다. 시간이 지나면 그 검은 간장을 예전에는 연탄불이나 가마솥에서 끓였지만 요즘은 냄비에 넣어 가스불로 한 번 더 끓여주기도 한다.

붉은 항아리는 그 용도가 다양하다. '김치독도 살금살금 제법 모양새를 세웠다/저놈의 가슴팍에 얼마나 불꽃을 튀겨서/세상구경을 할는지' 여기서 세상 구경을 하고 싶은 김치보다 김장을 담구는 과정을 구경하던 시인의 어린 시절의 심경이 더 조급함을 알 수 있는 장면이다. 새로 담근 김치 한 조각을 얻어먹으려고 기웃대던 어린 소년이 하나 더

먹으려다 등짝을 맞는 광경도 상상이 된다. 그 항아리 속에는 고향의 어머니와 할머니의 흐뭇한 웃음과 진한 가족애가 담겨져 있다.

이제는 그 어머니도 할머니도 없는 고향집 낡은 도가지를 보며 쓸쓸히 옛 추억을 회상하는 화자의 심정은 '세상 먼지가 숨통을 막는' 것처럼 갑갑하기만 하다. 그 갑갑함은 일상을 벗어나 잠시 고향 마을의 풍경에서 즐거웠던 추억을 떠올리며 흐뭇한 웃음을 지어보지만, 이제 또 다시 일상의 시간으로 돌아가야만 하는 막막함일 수 있다.

또 다시 고통스런 현실의 일상과 전투를 해야만 하는 통증이 수반되는 근무지에서, 자신이 진정으로 원하던 삶을 뒤로 제쳐둔 채 생존을 위해 몸부림쳐야 하는 게 내남 없는 과정일 수 있다.

불안과 초조, 스트레스를 반복하며 살기 위해 세상에 태어난 사람은 아무도 없을 것이다. 과정속에서 어쩔 수 없이 해야만 하는 전투일 뿐이다. 그저 지금 이순간 '마음 챙김'의 명상으로 현실에서 잠시 벗어나는 과정도 경험해보고, 다시 현실로 돌아오는 '마음 챙김'을 하면서 스스로 위무하며 치유를 해나간다면, 현실의 막막함에서 빠져나가지 못해 고통 받는 일은 훨씬 경감될 수 있을 것이다.

'마음 챙김'은 우리가 생각 속에 빠져 헤어나지 못하거나 그 생각마저도 할 수 없는 바쁜 일상 속에서 들어갔다 나왔다

자유롭게 해주는 일종의 명상이며 마인드콘트롤mind control 이라고 할 수 있다. 배 시인의 시집과 주옥같은 시들은 마음을 정리하는 하나의 생각 수첩이라고 할 수 있다.

"

가슴에 담은 불덩이가
내 머리 위를 훑으며 높이 치솟다가
안산천 호수위에 방황하고 있다

높 하늬가 구름장을 내 밀며
서해안 노해위에
수없이 담금질 중이다

한나절 내내
껄대청 높이며 세운 칼날은
연녹 모자이크 사랫길을 돌며
휘둘러보지만

대추리 촌부의 쇠기침은
시난고난하고
아슴아슴하다.

답답한 가슴을 진정시키기엔

바질 바질한 모양이다.

-미군기지 이전 관련 출장 중에-

-〈대추리 촌부의 삶〉전문

”

'대추리 촌부의 쇠기침' 소리에서 새벽녘 해소 기침과 들녘을 빼앗긴 근심의 소리와 담배 연기만 자욱한 모습이다. 답답한 촌부의 가슴은 어쩌면 배 시인의 심경일 수도 있다. 이 시에서는 대추리 노인의 모습에서 고향집 아버지와 그 이웃들의 모습이 투영돼 있고 화자 자신의 마음도 함께 투사돼 있음을 알 수 있다.

배 시인은 인권의 사각지대와 소외된 현장 그리고 각종 범죄현장에서 치안을 위해 많은 시간을 보내야만 했던 직업인이다. 국가안보의 정당성을 위해 국가가 행사해야만 했던 거대한 힘 앞에서 그들과 한 선상에서 법 집행을 해야만 했던 그 심정이야 오죽했을까. 대추리 촌부처럼 깊은 한숨과 심연의 슬픔이 작품에서 역력히 느껴지고 있다.

폭력을 저지하고 정의구현을 실현해야 하는 직업인으로서의 사명감도, 더 큰 힘에 의해 그들의 대리인으로서 임무를 수행해야 했던 기구한 상황 앞에서, 그는 뜨거운 눈물을 흘릴 수밖에 없었던 것이다.

시인의 작품에서 자주 볼 수 있는 장면은 대부분 고향의 부모님과 그 이웃들 그리고 강과 산, 새와 꽃들이 많다. 그만큼 마음이 따뜻하고 순수하다는 뜻이다. 세상사 대부분이 그렇듯 너무 순수하다 보면 마음에 상처가 많이 생기고, 그때마다 풀어지지 않으면 안으로 차곡차곡 쌓여져 엄청난 고통으로 커질 수 있다.

평택 대추리 뿐만 아니라 직무상 많은 범죄현장이나 각종 시위 집회에서 여러 인간 군상들과 대치하거나 이런 저런 잊히지 않는 에피소드가 많을 수 있다. 좋은 기억보다는 마음의 고통이 더 많았을 것이다.

빛을 비춤으로써 어둠 속의 존재가 보이는 것처럼 어떤 대상이나 사건이 이미 존재하고 있더라도 인간이 감지할 수 있는 상태로 드러나야 한다는 것을 현상現象 *Phenomenon*이라고 한다. 시인은 현상과 본질이라는 관점으로 세상을 바라보며 이성의 빛을 사용하여 어둠에 묻힌 진리를 찾아내어 드러낼 수 있어야 한다.

작품에서 주관적 자아와 객관적 대상이 만나는 지점에서 주어지는 의식적 체험을 하며 '가슴에 담은 불덩이가/내 머리 위를 훑으며 높이 치솟다가/안산천 호수 위에 방황하고 있다'고 언술하고 있다. 여기서 대상과 의식은 서로

독립된 존재가 아닌 불가분의 관계로 묶여있다.

대추리 촌부의 쇳소리나 임무 수행 중인 시인이나 주민들 모두 객체가 아닌 하나의 덩어리처럼 뒤엉켜 '껄대청 높이며' 하루해를 보내며 모두 다 '답답한 가슴을 진정시키기엔/바질바질'하다.

'마음 챙김'은 본질인 사태 그 자체로 돌아가는 것이다. 주어진 현상 그 자체에 주목하면서 모든 판단을 멈추고 경험한 것을 정리하는 작업과정이 필요하다. 마무리 부분에서 시인은 '바질바질한 모양이다.'로 귀결하고 안타깝지만 이성을 되찾으며 객체로서의 시선으로 주민들을 바라보고 있다. 침착하게 냉정함을 잊지 말아야 하는 시인의 상황은 공무 수행 중에 있는 입장이었기 때문이다.

모든 중년 이후의 직업인들이 대부분 그러하듯이 '내가 가고 있는 길이 제대로 가고 있는 것인지?' 수도 없이 반문하며 '지금까지 잘 가고 있지?'라고 애써 위무하며 가고 있는 것이 현실의 무게감일 수 있다. 흔들리지 않기 위해서다. 흔들릴 수가 없기 때문에 안간힘을 다해 온 것이다. 시집 〈이슬 속에 바라본 세상〉은 시인이 살아오는 동안의 보고 듣고 체험한 서사시이며 육필 수기라고도 할 수 있다.

"

훌쩍 커버린 누이가

섬 등 늪 창포물에 머리 감고
밤새워 열린 아침 이슬처럼
야무지게 부는 바람결에
온몸을 털며 무당굿을 하고 있다
그곳엔 늦살이 나간
아버지 무쇠 낫이 점점 무디어지고
아무 말 없이 걸어온
세월 먹는 그 길은
그리 편한 길이 아니었음을…
바짓가랑이 사이로 할퀴는
가시밭길도 걷고
억수 같은 소낙비에
움푹 팬 빗길도 걷고
가을걷이 끝난
텅텅 빈 들길을 수없이 걷다가
솟구쳐 언 서릿발 밟으며
이미 허물어진
헛간 귀퉁이 걸린 번지가 되어
아직 나이 든 자식 걱정에 밤잠 설친다
열여덟 마지기 나락 포대가
하나하나 비워지고
저 붉은 석양과 함께 걷던 발걸음도

이젠 칡넝쿨처럼 누워
그 화려했던 칡꽃도 시든다

[늦사리]늦은 철에 농작물을 거두어 들이는 일

[번지]논밭의 흙을 고르거나 널었던 곡식을 긁어모으는 널빤지

-〈칡꽃(2)〉전문

'칡꽃'에서도 시인은 아련한 옛 추억을 회상하며 '훌쩍 커버린 누이가'로 시작해 귀결은 언제나 '그 화려했던 칡꽃도 시든다'며 '지금' 그리고 '여기'에 집중한다. 고향집 누이와 아버지가 고생했던 질곡의 세월은 시인의 과거 경험에 의한 정서적 흔적에 해당한다. 화자의 주관적인 의식세계에서 전혀 엉뚱한 상상으로 흘러가지 않고 그 지각의 초점을 끊임없이 현재의 자리로 되돌아오도록 방향을 잘 잡아준 작품이다.

'늦살이 나간/아버지 무쇠 낫이 점점 무디어지고', '가을걷이 끝난/텅텅 빈 들길을 수없이 걷다가'도 시인의 어린 시절에 경험한 고향집의 체험이다. '아직 나이 든 자식 걱정에 밤잠 설치는' 노모의 이야기도 시인의 주관적인 체험이지만, 여기서 독자들은 진한 공감대를 형성할 수 있는 대목이다.

자식이 부모가 돼 봐야 부모 심정을 이해할 수 있다고 한다. 하지만 부모 심정을 이해할 수 있는 나이가 되면 부모님은 이미 먼 곳으로 간지 오래여서 곁이 쓸쓸해질 수밖에 없다.

주관적 체험은 개인만의 의식세계에서 일어나는 것이며, 그가 경험하는 심리적 경험을 타인은 잘 이해할 수 없는 경우가 많다. 하지만 어린 시절 고향의 체험담은 타인들도 누구나 공감할 수 있는 사연들이 많다. 시인은 자기 체험을 있는 그대로 자각하고 서술할 수 있도록 노력하지만, 그 경험의 본질을 정의하는 게 아닌 그 과정을 매 순간 자각하며 기록하는 것이 중요하다.

제목에서처럼 '칡꽃'은 마음이 편치 않는 과정에서 겪는 심한 갈등상황일 수 있다. 고향집의 아련한 추억이 마냥 좋은 일만 떠올릴 수 있다면 얼마나 행복한 이일까? 하지만 가난을 떠올리면 마음이 언짢고 번잡스럽기에 칡넝쿨처럼 복잡하게 뒤얽혀 내부에서 서로 다른 에너지가 충돌하거나 튕겨져 나가기도 한다.

그 갈등상황을 '저 붉은 석양과 함께 건던 발걸음도/ 이젠 칡넝쿨처럼 누워/그 화려했던 칡꽃도 시든다'처럼 시인이 살아가는 구체적인 삶의 현장에서 그 개인이 어떻게 존재하는지를 있는 그대로 직시하며 '지금 현재'를 자각하며 정리하고 있는 것이다.

'당신 거기 있나요?'에서 출발했다면 '나 여기 있어요.'로 현존재가 마주한 저쪽의 세계는 상황에 따라 경험이 될 수도 있고, 머릿속에서 그려낸 어떤 추상적이고 초월적인 상상력의 시점이 될 수도 있기 때문에 두 발을 딛고 선 '지금 현재'의 시점으로 되돌아오는 것이 중요하다.

가수 조영남의 노래 가사처럼 '지금 지금 우린 그 옛날의 우리가 아닌걸'처럼 자각하는 순간이 현실의 존재라고 할 수 있다. 갈등의 과정과 함께 '그 화려했던 칡꽃도' 이젠 시들어버렸기 때문이다.

-나가며-

배성근 시인의 시집 〈이슬 속에 바라본 세상〉에서는 기존 시인들과는 다른 독창적인 그만의 목소리가 실려 있었다. 자연과 함께하는 건강한 문학을 지향하는 시인이지만, 생활 중 직업인으로서의 현장취재 일지를 시로써 생산해낸 작품세계는 살아 움직이는 생명체처럼 느껴진다.

사회 곳곳에서 일어나는 각종 사건 사고와 위태롭고 불안하며 불편한 현장에서 그는 늘 그들과 함께 하며, 따뜻한 인간애人間愛로서 그들을 바라보는 시선을 작품을 통해 볼 수가 있었다.

사람들은 어떤 상황적인 요소는 고려하지 않고 그 사람의 성격, 태도, 가치관 등 내부성향에서 원인을 찾는 것을 '기본 귀인 오류 Fundamental Attributional Error' 라고 한다. 행동의 원인을 찾을 때는 사람 탓을 하는 기본 귀인 오류 보다 그 사람을 둘러싼 상황이 어떤지를 신중히 고려해야 한다.

군인들의 전투 트라우마나 경찰관들의 공무집행 과정에서 구토나 무기력함, 우울증이 수반되는 현상들이 비일비재한 직업인으로서의 고통은 일반인들의 상상을 초월할 경우가 많다.

그들을 더 큰 절망과 무기력감으로 맥을 탁 풀리게 하는 더 큰 폭력은 저편의 그들과 함께 하지 못해 빚진 마음인 그들에게 무지막지한 언어폭력을 가하는 일이다. 그런 그들은 화를 낼 수도 울 수도 없는 이중의 트라우마를 겪을 수밖에 없는 것도 슬픈 현실이다.

아내가 임신하면 남편들이 함께 임신 중에 느끼게 되는 식욕상실, 메스꺼움, 구토, 치통 등의 신체증상을 경험하는 현상을 꾸바드증후군 Couvade Syndrome이라고 한다. 이 증상은 신체증상 외에도 우울증, 긴장, 신경과민 등의 심리현상도 함께 동반하게 된다. '울고 싶은 아이'와 '나도 아프다'는 심리적인 트라우마는 상황과 입장 차이가 같을 수밖에 없는 것이다.

어쩌면 그것은 광주 5.18 진압부대로 투입됐던 군부대 장병들도 비슷한 상황이었을 것이다. 가슴 저 밑바닥 심연에서 '우는 아이'를 애써달래고 잠재우며 성인으로 살아갈 수밖에 없는 현실과 결코 다르지 않을 것이다. 폭력 앞에 더 큰 폭력으로 맞서야만 했고 거기에 또 다른 폭력을 집요하게 가하는 일들은 더 이상 없어야 할 것이다.

그럼에도 불구하고 침착함과 냉정을 잃어버리지 않은 균형 잡힌 내면의 멘탈 mental과 지금까지 잘 견디고 온 초인적인 인내력은 놀라운 일이라고 할 수 있다.

〈이슬 속에 바라본 세상〉은 경계의 이쪽에서 저편을 바라볼 때 울컥했던 눈물어린 이야기들이다. 이도 저도 어찌해볼 수 없는 위치에서 공무집행을 해야만 했던 그 슬픔의 심연이야말로 얼마나 뜨거웠을까. 이제 그는 일상에서 벗어나 고향인 창녕 낙동강 임해진과 소벌로 마음의 발걸음을 옮기고 있다. 또 다시 시간여행을 통해 그 치열했던 생존의 현장과 트라우마에서 벗어나 휴식을 취하기 위함이다.

시집 〈이슬 속에 바라본 세상〉은 배성근 시인의 육필 수기이면서 동시에 잃어버린 자아自我를 찾는 과정의 진술서이기도 하다. 세월 앞에 장사 없다는 말이 있다. 긴 세월 동안 직업인의 사명감과 함께 주변에 대한 따뜻한 시선으로 인고忍苦의 시간을 보낸 배성근 시인에게 진심어린 박수를 보내며, 진신사리眞身舍利처럼 응축된 그의 목소리가 담긴 시편들을 곱씹어보며 다시 한 번 시의 세계로 시간여행을 떠나본다.

시집을 읽는 동안 내내 제프 버클리Jeff Buckley의 할렐루야Hallelujah노래가 들리는 것 같은 감동을 받았다. 배 시인의 경찰관으로서의 기나긴 인생 여정은 각종 사건 사고현장에서 느꼈던 탄식의 '안타까움'이었고 그것은 할렐루야Hallelujah가 터져 나오는 휴머니즘人文主義, humanism이었다..

이슬속에 바라본 세상

배성근 시집

발 행 일 자	2024년 3월 10일
지 은 이	배성근
펴 낸 이	김연주
펴 낸 곳	도서출판 성연
등 록	(등록 제2021-000008호)경남 창원
홈 페 이 지	https://cafe.daum.net/seongyeon2021
사 무 실	창원시 성산구 대원로 27번길 4(시와늪문학관 내)
디 자 인	배선영
삽 화 그 림	배성근
대 표 메 일	baekim2003@daum.net
전 자 팩 스	0504-205-5758
대 표 전 화	010-4556-0573
정 가	13,000원
ISBN	979-11-986868-0-0 (03800)

이 도서의 출판예정도서목록(CIP)은 979-11-986868-0-0 (03800)
국립중앙도서관 서지정보유통지원시스템 홈페이지(http://seoji.nl.go.kr/)와
국가자료목록시스템(http://www.nl.go.kr/kolisnet)에서 이용할 수 있습니다.